I0657745

LE
COTÉ PLAISANT
DE LA
POLITIQUE.

DE L'IMPRIMERIE D'A. CLO.

Assez Messieurs assez !!..... Ce jeu ne m'amuse pas du tout.

LES
PETITES DISTRACTIONS

DE

NOS GRANDS HOMMES,

OU

LE COTÉ PLAISANT

DE LA POLITIQUE,

Recueil, à peu près complet, d'Aneries *medio-libero-féodales ;* d'Anecdotes, Couplets, Epigrammes, Pasquinades, Raisonnemens, Folies, Vérités et Mensonges, pillés à droite, à gauche et dans le milieu, et dédiés aux *bonnes gens* de tous les partis.

Par C. O. D. Colin Tampon.

Rire de soi - même serait encore plus
gai que de ne pas rire du tout.

A PARIS,

CHEZ LES MARCHANDS DE NOUVEAUTÉS,
AU PALAIS ROYAL, ET AILLEURS.

1821.

MON INSPIRATION,

RÊVE PRÉLIMINAIRE.

———

JE rentrais chez moi d'une humeur charmante : dans un *cercle* du faubourg Saint-Germain , j'avais entendu monsieur A. protester, au nom de ses *nobles* collègues, d'un profond respect pour la Charte, qui consacre tout ce que la révolution eut de véritablement utile; d'un autre côté, monsieur B., en présence de témoins respectables, et se disant autorisé par ses *honorables* amis , avait, ce jour même, déclamé fortement contre les charlatans, qui confondent *exprès* la liberté avec la licence; et brochant (ou plutôt *brochurant*) sur le tout , monsieur C. venait de publier un écrit; dans lequel parlant pour ceux qui s'intitulent *Modérés* , il prenait le ciel à témoin du parfait désintéressement qui les anime.

« Fort bien, me disais-je, voilà
qu'enfin tout le monde devient raisonnable. L'amour du bien public l'emporte sur les affections particulières, et
je vois qu'une heureuse fusion est près
de s'opérer. Je veux, à cette occasion,
composer, sous le titre de la *Concorde
en France*, une Ode, dans laquelle je
célébrerai de mon mieux l'admirable
accord, qui désormais va régner entre
tous les partis !!! »

De peur de perdre une aussi belle
inspiration, je me jetai bien vite dans
le vieux fauteuil placé devant mon mo-
deste bureau ; je taillai ma plume, je
me frottai le front, et après avoir rongé
jusqu'au vif les ongles du pouce et de
l'index de ma main gauche,..... je
m'endormis.

Mais à peine avais-je fermé les yeux,
qu'un petit coup, frappé sur mon épaule,
me fit tourner la tête, et je vis à mes

côtés, le dirai-je? Momus, en personne! De sa marote, il me fit signe
de le suivre; j'obéis : nous arrivâmes
au Rocher de Cancale; là mon guide
m'introduisit invisiblement dans un joli
salon, où trois inconnus expédiaient
un ample déjeuner.

Le plus âgé des trois, espèce de
Don Quichotte, au moins pour le physi-
que, portait un antique habit bourgeois
dont les basques étaient retroussées
comme celles d'un uniforme; deux
larges épaulettes à graines d'épinards,
et un chapeau à cornes décoré d'une
énorme cocarde complétaient son costume; de temps en temps, il s'es-
suyait les lèvres avec un vieux morceau de tricot de laine, qui conservait
encore quelque chose de la forme d'un
bonnet phrygien; la couleur avait pu
jadis en être tranchante; mais alors
elle était très-pâle, suite naturelle

des efforts multipliés que l'on avait faits pour le blanchir.

Au *milieu* de la table était un gros monsieur en habit *habillé* : du dos de son fauteuil s'élevait au bout d'une lance une petite girouette, tournée, pour le moment, à droite. Le monsieur semblait exclusivement occupé du bon repas qui, devant lui, fondait à vue d'œil.

Le troisième personnage, enfin, vêtu à peu près comme tout le monde, ne se distinguait que par son regard *en dessous*, que *dissimulait* encore un vaste chapeau à la Bolivar, autour duquel voltigeait un essaim de je ne sais quelle espèce de *mouches*.

Ces messieurs eurent bientôt fait disparaître le dessert. Ils burent alors une dernière santé, qui les fit rire *sous cape*, et se levèrent de table en disant qu'ils allaient reprendre leur *besogne accoutumée.*

« Qui sont ces gens-là, dis-je à mon guide mystérieux, et en quoi consiste cette besogne dont ils parlent? — Personne mieux que moi, me répondit-il, ne peut à leur égard satisfaire ta curiosité :

« Ce vieillard, long, sec et maigre est un admirateur enthousiaste de l'ancienne mode. Ennemi né de votre révolution, il l'a embrassée avec ardeur, (il s'en vante lui-même), afin de l'étouffer plus facilement; et ne l'a poussée d'excès en excès qu'à dessein de vous en dégoûter pour long - temps. — Hé bien ! voilà un gaillard qui sait calculer.

« — Son voisin, l'homme au ventre rebondi, est un gastronome du premier ordre. Il a toujours pensé comme celui qui lui garantissait un bon dîner pour le jour même, car sa vue courte ne va pas beaucoup plus loin que son nez ; cependant il a toujours eu l'instinct de se retourner à propos, de sorte qu'il a su conserver ses places et trouver son couvert mis sous tous les gouvernemens possibles. — En voilà encore un qui n'est pas gauche.

« — Le troisième n'est pas maladroit non plus. Joueur déterminé, rien ne lui coûte pour se rendre les chances favorables ; il flatte aujourd'hui ceux qu'il écrasait de sa supériorité quelques années plus tôt, et dans ce moment il est, aux yeux de la multitude, l'un de ses plus chauds défenseurs.

« Tu vois, qu'avec des habitudes très-diverses en apparence, ces trois messieurs s'entendent encore assez pour déjeuner amicalement ensemble. — Oh mon dieu ! oui. Cela rentre dans le sens de mon Ode, et je vais l'achever en vous quittant. — N'es-tu pas curieux de voir, avant tout, quelle besogne si pressée ces messieurs avaient à faire? — Ah ! volontiers! — Viens donc avec moi. »

Et nous nous trouvâmes, en un clin d'œil, sur une place publique d'où l'on découvrait, dans le lointain, un superbe morceau d'architecture: nos trois hommes y étaient déjà. Le *Bolivar* et l'*Uniforme-Bourgeois* tenaient à deux mains, chacun un coin d'une vaste couverture: le *Gros-Ventre*, malgré son énorme corpulence, avait fortement empoigné de chaque main l'un des deux autres coins ; et tous trois, d'un commun accord, bernaient un pauvre diable, que j'aurais pris pour Sancho, si Sancho pouvait être berné par Don Quichotte.

« Sais-tu, me dit mon guide, quèl est ce nouveau personnage ? — Par ma foi ! non. — Tu as donc bien peu d'imaginative ! Ne lis-tu pas dans sa main cette légende, expression vraie de ses nobles sentimens ? Il *se* nomme *Populus* ; il a toujours été, *quoiqu'on die*, le très-humble serviteur de ces messieurs, qui, toujours, se sont mis entre lui et le seul être digne de ses hommages. C'est dans les débats (qu'ils ont fait naître) qu'il a perdu un œil et un bras, et qu'il s'est vu couvert d'honorables cicatrices. Ils lui en témoignent leur reconnaissance *en belles paroles*, car ils n'ont pas même l'attention de le vêtir un peu proprement ; tu vois qu'il a un pied chaussé et l'autre nu. Populus est bon homme : on lui a fait accroire que rien n'est plus gai que d'être berné ; et voilà qu'on le berne impitoyablement. Ecoute un peu ce que lui disent les exécuteurs de sa burlesque sentence. »

Je prêtai l'oreille et j'entendis en effet le vieillard crier de toute la force de ses poumons usés : « Populus, mon fils, tu n'es pas trop bien costumé, j'en conviens ; mais ce n'est pas ma faute : si tu voulais en revenir à l'ancienne mode, je te ferais faire un collier de diamans et une superbe chaîne d'or. »

Maître Bolivar disait à son tour : « Prends confiance en moi, brave Populus, et tu t'amuseras comme un petit roi ; je te ferai jouer *la Bataille*, *la Triomphe*, et un autre jeu dont tu ne t'es pas trop mal tiré dans ton temps. »

Et Don Ventru, couvrant la voix de ses *co-berneurs* : « Bon Populus, tu n'es pas tout-à-fait aussi libre que nous le voudrions bien, toi et moi ; mais le jour où tu pourras payer un bon dîner, ma foi ! je te lâcherai la bride. »

b

Mais Populus tout essoufflé de son voyage aérien, répondait : « Assez, Messieurs, assez ! Ne vous lasserez - vous point de me faire aller comm'ça ! je ne veux rien de plus que ma légende ; et ce jeu si prolongé ne m'amuse pas du tout...... »

J'ignore ce que devint tout ce monde - là ; car, m'étant éveillé subitement, tout disparut et je me retrouvai dans mon vieux fauteuil, où, au lieu de l'Ode projetée, je brochai tout bonnement la compilation suivante. Peut-être le lecteur la préférera-t-il aux strophes les mieux cadencées, fussent-elles du très-noble, très-pieux et très en vogue M. de la M......, lui-même.

AUX ÉPILOGUEURS.

Je venais de transcrire ces pages, sur lesquelles le lecteur s'est peut - être endormi à son tour, quand on m'an-

nonça mon libraire, qui me somma de lui
livrer la Préface de *notre* volume. « Ceci
en tiendra lieu , lui dis-je ; » et sans lui
donner le temps de se reconnaître , je
lui fis , tout d'une haleine, la lecture de
mon *Inspiration*. « Comment, reprit-il ,
quand j'eus fini ; vous prétendez impri-
mer cela ? — Sans doute. — Vous allez ,
avec votre rêve , nous mettre dans de
beaux draps! — Vous avez peur ? — On
l'aurait à moins : vous attaquez avec une
inconcevable audace les Ultra , les Libéraux et jusqu'aux Modérés. — Moi , j'at-
taque...? — Non , vous n'osez pas! Ces
trois Messieurs qui bernent le cher Populus ne représentent pas les trois opinions? — Je n'entends rien à ce que vous
dites : c'est un songe ; et , vous savez
qu'en songe tous les écarts d'imagina-
tion sont excusables. — Je crains fort
que la justice ne s'en mêle. — La justice! Pour qui nous prenez-vous ? Elle a ,
parbleu, bien autre chose à faire. — Eh!
eh ! d'ailleurs, les personnes qui se re-
connaîtront.....— Dans mes portraits de

fantaisie..... — Vous êtes donc bien sûr que ce sont des portraits de fantaisie ? — Sûr comme de mon existence ! celui qui y entendrait malice serait plus fin que moi qui les ai tracés , ou si vous l'aimez mieux, calqués sur de folles caricatures. — Allons ; soit !Mais.... — Trouvez - moi, mon cher libraire, un seul individu qui se déclare Ultra, Libéral ou Modéré à la manière des personnages de mon rêve. — Oh! sans doute ! personne ne conviendra....— Eh ! voilà tout ce que je demande! Nous ne sommes plus aux temps héroïques où chacun prenait fait et cause pour son voisin. On est charmé , au contraire, de pouvoir déverser sur lui un ridicule, dont on ne se sent pas entiché soi-même : il est vrai que le voisin vous rend charitablement la pareille ; et, en conscience, direz-vous que c'est la faute du pauvre Auteur? — Tout cela est fort bien pour des attaques générales ; mais quand , dans votre livre, (*que je n'ai pas lu en entier,* je le déclare à tout événement ,)

quand dans votre livre , dis - je , vous
employez vos perfides initiales et vos
points équivoques !.... —Diable ! savez-
vous que vous m'interrogez plus strictement que ne le ferait M. de Va..........
lui-même ? — Précisément : nous y
voilà ! si par hasard M. de Va (je ne sais
qui) vous cherche querelle ? — Je dirai
à M. de Va (tant de points que vous
voudrez) qu'il les additionne scrupu-
leusement et qu'il n'en trouvera pas autant que de lettres dans le reste de son
nom. — Le hasard n'aurait qu'à rendre
les nombres égaux ?— Ce serait alors une
faute d'impression *dans le manuscrit*,
comme dit le ci-devant comique Brunet.
Le compositeur ne peut-il pas d'ailleurs
avoir pris dans sa casse un *V* pour un
M, un *a* pour une autre voyelle? Allons
donc ! si l'on vous écoutait on n'impri-
merait rien sous le régime de la liberté
de la presse. — Cela serait peut - être
plus prudent. Au surplus, je vous aver-
tis que je ne mettrai pas mon nom au
bas du titre. — A vous permis. — Je

xviij

laisse au vôtre toute la responsabilité.—
D'accord. Cependant , un moment.!
vous m'avez payé mes honoraires pour
la première édition. — Il y a , parbleu !
assez long-temps. — Vous vous chargez
toujours de solder le papetier , l'imprimeur , le graveur , la brocheuse , etc.
etc. — Cela va sans dire. — A l'argent
près , dont , en qualité d'homme de lettres, je ne suis pas très-chargé , je con-
sens que l'ouvrage paraisse à mes risques
et périls. — Touchez-là , estimable auteur ! — Avec le plus grand plaisir ! et
pour achever de vous rassurer , je signe :

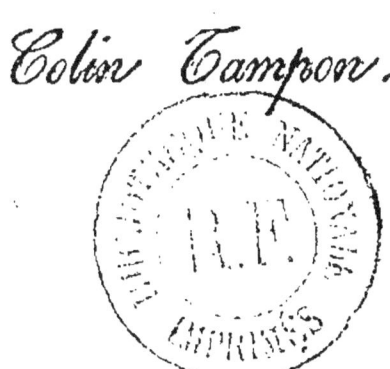

Colin Tampon.

LE
COTÉ PLAISANT
DE LA
POLITIQUE.

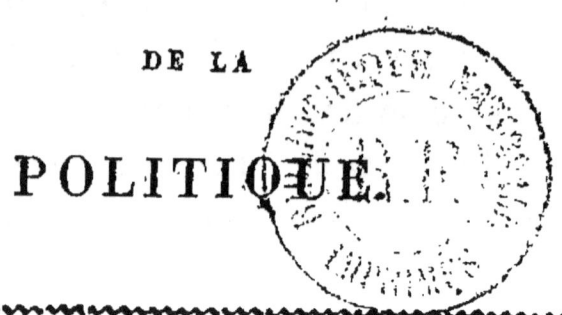

LA FEUILLE EMPOISONNÉE.

Qui ne connaît *Jacques de Falaise* le po-
lyphage (1)? Cet homme, à estomac d'autru-
che, qui se régale de souris, de couleuvres et
d'autres friandises pareilles, sans jamais
éprouver la plus légère incommodité, s'a-
muse quelquefois à manger un jeu de cartes sans le mâcher. Dernièrement il voulut,
pour varier sa collation et *le divertissement*

---

(1) *L'avale-tout*, si l'on veut un mot trivial, mais
du moins à la portée de tous les lecteurs.

I

du public, substituer aux trente-deux cartes un long rouleau de papier; un specta-
teur lui fournit ce qu'il désirait : Jacques
avala le plus lestement du monde ce rouleau
de quinze pouces. Mais bientôt Jacques
éprouve, pour la première fois de sa vie,
des remords d'estomac, des nausées suivies
bientôt de convulsions. L'alarme se répand
dans le théâtre de M. Comte et parmi les
spectateurs. Un médecin accourt, il reconnaît avec effroi tous les symptômes de l'em-
poisonnement : il administre les plus
prompts secours, il ordonne les antidotes
les plus efficaces; enfin, après plusieurs
crises effrayantes, Jacques se débarrasse
du fatal rouleau, et l'on reconnaît qu'il se
compose d'un numéro du *Drapeau blanc* et
d'un autre du *Constitutionnel.* Aussitôt un vif
débat s'élève dans la salle, pour savoir
quelle est la feuille empoisonneuse. « C'est
la *libérale,* dit celui-ci ; c'est la *monarchique,* reprend celui-là. Eh! Messieurs, s'é-
crie un homme raisonnable, placé *au milieu* du parterre : tâchons de nous enten-

dre. Il se pourrait fort bien que ce fût *l'une et l'autre !* »

BOUTADE ANTI-POLITIQUE.

Air : *De la treille de sincérité.*

Au diable soit la politique !
Chaque folle, chaque pied plat
    Se pique
    De régir l'état.

LA meilleure des ménagères,
Que j'ai depuis dix ans chez moi,
Oublie à présent mes affaires
Pour discuter sur une loi.
Mon cocher, que l'exemple gagne,
Sur le budget fait de l'esprit ;
Et mon laquais bat la campagne,
Au lieu de battre mon habit.
Au diable soit la politique ! etc.

UN médecin, qu'on m'expédie
Lorsque je sens quelque douleur,
Avant de conserver ma vie,
Veut finir *le Conservateur.*
Et quand au docteur politique,
C'est, en montrant mon mal du doigt,

Le côté gauche que j'indique,
Il me parle du *côté droit*.
Au diable soit la politique ! etc.

QUEL est donc ce triste délire ?
Serions-nous devenus Anglais ?
Ah ! pour aimer, chanter et rire,
Mes chers amis restons Français !
Soumis aux lois comme au monarque,
Secondons-les sans bavarder ;
On craint d'entrer dans une barque
Que trop de gens veulent guider.
Discourons moins de politique ;
Mais que chacun, fuyant l'éclat,
     S'applique
  A bien servir l'état.

BON MOT D'UNE BONNE FEMME.

Un des grognards qu'un amour mal entendu de la patrie ramena de l'île d'Elbe pendant les cent jours, disait à une harangère de Marseille : « Eh bien ! ma bonne, où est-il donc ce bon roi que vous aimez tant ? — Lou rey, répondit-elle dans son naïf patois, lou rey es en quarantène des pui que la peste es en France. »

LE RÊVE PROPHÉTIQUE.

Un pauvre diable avait présenté à l'une des assemblées qui depuis trente ans se succèdent pour assurer le bonheur de la France, une pétition dont le succès lui importait beaucoup. Pendant la nuit qui précéda la séance où le rapport devait en être fait, il vit en songe un spectre immobile dans une tribune, où il ne cessait de prononcer ces mots du ton le plus lamentable : *l'ordre du jour, l'ordre du jour, l'ordre du jour !*

Cette espèce de cauchemar lui donna à son réveil quelque inquiétude sur le sort de sa demande. Il courut donc à l'assemblée aussitôt que l'heure le permit, et prit une des places réservées au public. Calme et silencieux, il entendit ou il n'entendit pas la lecture du procès verbal. Mais quel fut son effroi, quand M. le président, appelant à la tribune le rapporteur de la commission des pétitions, articula un nom qui, à l'oreille du pétitionnaire, équivalait à celui de *défunt*. Quels pressentimens terribles l'agitèrent, quand il vit ce rapporteur dont la conformation lui parut avoir quelque ressemblance avec le spectre de son rêve; et enfin quel désespoir le saisit lorsque la voix lugubre de M. Le M... laissa tomber ces redoutables mots : « Je propose d'adopter l'ordre du jour. »

SUR LA CI-DEVANT LIBRAIRIE LAC....... ET COMPAGNIE.

En vain, pour mieux braver et censure et critique,
Certaine déité prend un masque trompeur;
Du *Journal du Commerce* (1) on reconnaît la sœur
Dans une *Minerve* en boutique.

BON MOT.

A l'époque où, par l'ordre du maître, nos plus habiles chimistes étudiaient les moyens de métamorphoser un froid légume en une substance très-échauffante de sa nature,

_____

(1) Nom du Constitutionnel à l'époque où fut composée cette épigramme.

M. le pr.... de T......... de P....... trouvant
sous ses pas une énorme betterave la saisit
et s'écria , en la rejetant loin de lui d'un
bras vigoureux : « Va te faire *sucre.* »

LE COMPLIMENT.

Un brave homme, croyant peut-être faire
sa cour à son juge , homme d'un grand poids
sous le régime de l'une de nos terreurs ,
lui dit un jour : « Monsieur , s'il est vrai
que la justice ait des balances , vous pouvez vous flatter d'en être le *fléau* le plus
actif. »

LA COULEUR DES JOURNAUX.

Un provincial nouvellement arrivé de son
endroit, était dans un café au milieu d'un
groupe, politiquant à tort et à travers. « Mais,
Messieurs, dit-il tout à coup, vous me parlez sans cesse de la couleur des journaux,
qu'entend-on donc par ces mots-là? Pour
moi , je les vois tous des mêmes couleurs,
noir et blanc, voilà tout. — Les lisez-vous
habituellement? lui répondit quelqu'un. —
Habituellement, non. Mais depuis trois

jours que je suis à Paris, régulièrement je m'endors dessus. — Je ne m'étonne plus si vous n'en discernez pas la couleur. — Vous la voyez-donc, vous qui parlez. — Comme je vous vois : Le *Moniteur* est jaune serin; le journal des *Débats*, violet d'évêque ; le *Constitutionnel*, arc-en-ciel; *Paris*, gorge de pigeon ; la *Quotidienne*, vert foncé; le *Drapeau blanc*, boue de Paris; le *Courrier*, rouge sanguin (1) ; la *Gazette* , feuille morte ; et le *Journal du Commerce*, aurore.

L'ORTHOGRAPHE D'UN DOCTEUR.

Tous nos médecins ne sont pas aussi savans (du moins en orthographe), que le docteur L..... Pendant la dernière session , M. G...... député du centre , fut attaqué d'insomnie. M. L..... appelé aussitôt, fit une ordonnance dans laquelle il prescrivit une dose suffisante de l'*eau d'ânon*, (c'é-

_____

(1) Ce mot, divisé en deux, et différemment orthographié, pourrait bien constituer un mauvais calembour.

tait *laudanum* qu'il croyait écrire.) De là il courut chez monsieur T.... qui s'était enroué la veille à force de crier *l'ordre du jour !* la *question préalable !* et lui ordonna deux onces de sirop de *navaits*. « Mais docteur, lui dit son malade après avoir lu , je croyais qu'on devait mettre navet par v-e-t? — A vous permis, reprit le médecin d'un ton suffisant, mais moi, j'ai adopté *l'ortho-graphe de Voltaire.* »

NOUVELLE MANIÈRE DE JETER L'ARGENT PAR LES FENÊTRES.

On sait que Jonh Bull casse volontiers les vitres des gens qui lui déplaisent. Je ne dirai pas précisément à quelle époque s'est passée , dans une petite ville de la Grande-Bretagne , la scène que je vais décrire. Un alderman y avait refusé d'apposer sa signature au bas d'une adresse où l'on rendait hommage aux vertus d'une princesse malheureuse, innocente et persécutée , dont les voyages étaient encore plus nombreux que ceux de la feue *fiancée du roi de*

Garbe : là-dessus grand bruit parmi les radicaux, qui déjà commençaient à faire pleuvoir les cailloux sur la maison du non signataire. Celui-ci, furieux, passe la tête au travers du premier carreau cassé, et s'écrie : « Retirez-vous, misérable canaille, qui n'avez pas un sou dans votre poche. » Ce reproche pique au vif un des chefs de la bande, Crésus du parti. Il distribue aux assaillans force munitions tirées de sa bourse, et l'on brise de plus belle les vitres du magistrat, non avec des pierres, mais bien à coup de couronnes (1), qui pleuvent contre elles de toutes parts. L'alderman chez qui tombaient la plupart des couronnes, et qui par-là se trouvait amplement dédommagé du dégât qu'elles y faisaient, ne se pressa plus de mettre fin à ce désordre si productif. Il regarde à présent les insurrections contre ses fenêtres comme un des émolumens de sa place.

_____

(1) La couronne (*A crowne piece*) vaut 5 schellings, environ 6 fr. 6 c.

LE MORT FUSTIGÉ.

Les journaux libéraux ont vivement re-
proché au clergé de France quelques refus
de sépulture, dont le plus souvent l'autorité a fait justice, et certes ils n'avaient pas
absolument tort; mais qu'auraient-ils dit,
si un pasteur français s'était permis ce que
vient de faire un curé des environs de
Suze ?

Un mourant avait fait appeler le vicaire,
qui lui refusa l'absolution parce qu'il n'avait
pas, de son aveu même, paru à l'église depuis plus de quinze années. On s'adressa au
curé, qui voulut prendre l'avis de son évêque, mais avant l'arrivée de la réponse, le
malade prit le parti de mourir. Grand trou-
ble dans la paroisse : le curé refuse d'en-
terrer le défunt parce qu'un damné ne doit
pas trouver de place dans le cimetière commun, et qu'on est infailliblement damné
quand on n'a pas reçu le Saint-Sacrement
avant de mourir. « Mais, dit la famille, à
qui la faute? monsieur le vicaire n'avait

qu'à l'absoudre, puisqu'il s'est confessé à lui. » Le curé, homme conciliant, déclare qu'il est possible de commuer la peine de l'enfer en celle du purgatoire : il fait exposer le corps du défunt à la porte de l'église, ordonne qu'on ouvre la bière, et tandis qu'on chante le *libera* et qu'on sonne les cloches, armé d'une verge, ainsi que son vicaire, tous deux fustigent vigoureusement le cadavre, pour l'expiation des péchés du vivant. Mais comme il n'est encore sauvé qu'à demi, on fait un trou moitié en dedans, moitié en dehors du cimetière ; et c'est là que le cercueil est déposé.

L'évêque, instruit de cette stupide et indécente farce, n'hésita pas à interdire les deux ecclésiastiques qui l'avaient jouée.

LA CITATION COMPLÉTÉE.

Un *représentant* s'étant oublié (sans doute involontairement) jusqu'à dire un jour à ses collègues du côté droit : « Vous qui traitez en crimes les erreurs révolutionnaires, êtes-vous tous exempts de reproches? Que faisiez-vous alors?... Je sais que plusieurs d'entre vous étaient emprisonnés, proscrits...... *C'est fort bien !*..... »

M. C......., l'un des apostrophés, reprit aussitôt sur l'air du sultan Saladin :

> « C'est bien,
> Fort bien,
> Cela ne me gêne en rien,
> Moi je pense *comme Grégoire*.... »

Un rire général interrompit l'orateur et le refrain.

EXTRAIT D'UN DISCOURS D'UN DIRECTEUR GÉNÉRAL.

« Les douanes sont tellement nécessaires, que, si le trésor, au lieu d'en recevoir quelques millions, devait sacrifier quelques millions pour les maintenir, il n'y aurait pas lieu d'hésiter sur leur conservation. »

Vous êtes orfèvre, M. Josse !

L'OFFICIER TOUT NEUF.

Un lieutenant général qui venait d'obtenir sa nomination alla, pour premier office de son grade, visiter une caserne. La première chose qu'il aperçut en entrant, fut une machine de forme inconnue dont il ne put jamais deviner l'usage. « Qu'est ceci? dit-il à un jeune officier de sa suite. — Ceci, monseigneur? c'est un lit à la Turenne. — Et à quoi donc sert un lit à la Turenne ? C'est singulier, on n'a pas, en France, le temps de se retourner sans qu'il vous arrive tout à coup une invention nouvelle. — Mais, monseigneur, c'est là ce qu'on appelle autrement, si vous l'aimez mieux, un canon. — Ah ! c'est là un canon. Peste ! que je voie un peu comme cela est fait!!! »

CHACUN SON TOUR.

M. M........ père, obtint dans le royaume de W........ la direction du trésor public. Les finances étaient dans l'état le plus déplorable, et le nouveau directeur faisait tous ses efforts pour les remettre sur un meilleur pied. Mais comment y parvenir, entouré qu'il était de gens âpres à la curée, qui regardaient presque les revenus de l'état comme leur propriété personnelle ?...

Un jour, que le trésorier de la couronne insistait pour obtenir une assez forte somme alléguant qu'elle lui était indispensable pour payer des artistes du théâtre lyrique. « Monsieur, répliqua M. M........, tout cela est fort bien ; mais je dois payer ceux qui pleurent, avant ceux qui chantent. »

LE DISSERTATEUR INSTRUIT.

Un jeune homme, beau discoureur libéral, pérorait dans une de ces voitures des environs de Paris, populairement nommées *coucous ;* il avait édifié ses auditeurs par une foule de citations savantes extraites de la *Minerve,* du *Constitutionnel,* et autres ouvrages *classiques.* Notre jeune homme avait la mémoire bien meublée. L'auditoire voyageur admirait le savoir et la philosophie de l'orateur, qui, en célébrant le progrès des lumières, ne manquait pas d'orner son discours de petites diatribes contre les prêtres, les fanatiques, les ultra, qui veulent replonger le peuple dans l'ignorance. « Mais ils n'y réussiront pas! s'écriait-il; aujour-

d'hui le peuple est instruit...... Voyez plutôt, sur toutes ces maisons, ces lettres
A. M. Cela veut dire *Anseignement mutuel.*»

LA FEUILLE.

*Fable composée par un proscrit dans son
exil.*

« De ta tige détachée,
Pauvre feuille desséchée,
Où vas-tu ? — Je n'en sais rien.
L'orage a frappé le chêne
Qui seul étoit mon soutien.
De son inconstante haleine,
Le zéphir ou l'aquilon
Depuis ce jour me promène
De la forêt à la plaine,
De la montagne au vallon;
Je vais où le vent me mène,
Sans me plaindre ou m'effrayer,
Je vais où va toute chose,
Où va la feuille de rose
Et la feuille de laurier. »

PRÉDICTION TÉLÉGRAPHIQUE.

On lit dans le journal de Francfort, *du* 14 *mars*, qu'on avait appris dans cette ville, *le* 13, par des lettres de Strasbourg , *du* 11, que le projet de loi qui livre aux ministres la liberté individuelle , avait passé à la chambre des députés , et que *la nouvelle en était parvenue à Strasbourg par le télégraphe.*

Or , comme le projet n'a été adopté qu'*à la séance du mercredi* 14, il suivrait de cette nouvelle que *le télégraphe* aurait été doué d'une prescience de quatre jours. Quels merveilleux effets ne produira pas cette utile machine, si elle est aussi activement employée pour faire exécuter la nouvelle *loi* qu'elle paraîtrait l'avoir été pour la prédire!

PASSE-TEMPS D'UN ROI.

Le roi J..... avait apporté sur son trône éphémère de W......... toute la légèreté , toute l'étourderie d'un jeune écolier. Si devant le public il se contenait encore un peu,

il savait bien s'en dédommager dans le particulier, en se livrant à des jeux que semblait
devoir lui interdire le rang où son frère l'avait
élevé. Un jour S. M. avait mis habit bas, pour
mieux remplir son rôle dans une partie de
cheval fondu, qu'elle avait elle-même organisée, dans le jardin du palais, lorsqu'au
plus fort de l'action, des éclats de rire partant des fenêtres d'une maison voisine, vinrent troubler cet innocent plaisir. Qu'y faire? Continuer le divertissement, était le
parti le plus simple, on s'y arrêta : mais,
dès le lendemain, les locataires avaient
transporté leurs pénates ailleurs. Il faut
dire que S. M., à qui l'argent ne coûtait rien,
avait fait acheter la maison *perfide*, le prix
qu'on en avait demandé.

LE RETOUR A L'ORDRE.

C'est le peuple qui a fait la révolution,
disait un faiseur de calembours : eh bien
la contre-révolution, si jamais elle a lieu,
ne sera pas l'ouvrage de la noblesse. Les
artisans seuls en auront l'honneur. Déjà les

cordonniers en reviennent à l'*ancienne for-me*, les tailleurs à l'*ancienne mesure*, les coiffeurs aux *vieilles têtes à perruque*, les carrossiers à l'*ancien train* et les vieux médecins à l'*ancien* RÉGIME.

LA CHASSE AUX JOURNALISTES.

Lors de la discussion relative au rétablissement de la censure *en faveur* des journaux, on reconnut sans peine un des *limiers* de la justice aux phrases suivantes prononcées d'une voix énergique :

« Les *poursuivez*-vous pour les *jeter* dans la police correctionnelle? ils vous *échappent* par la cour d'assises, *à travers* le jury: croyez-vous *mettre* LA MAIN *dessus*, vous ne *tenez* qu'un homme de paille, et vous êtes *mordu* par le véritable journaliste, qui vous *donne la chasse* à son tour; le ministère public est *aux abois*..... etc. »

RETOUR JÉSUITIQUE.

Au mois de mai 1820, un homme fut arrêté pour avoir crié publiquement *vive l'empereur*. Conduit un mois après à la cour d'assises, il crut se tirer d'affaire en disant qu'il avait ajouté : *de Russie*. Les juges ne trouvant pas apparemment ce cri plus *Français* que l'autre, le condamnèrent à quinze jours de prison.

RÉFLEXION CRUELLE D'UN HOMME TOUT-PUISSANT.

On faisait à un *homme en place* le récit de la malheureuse querelle dans laquelle succomba M. de S.... M........, l'un des rédacteurs d'une feuille périodique d'une couleur très-prononcée. S'il faut en croire un journal, (le D...... B...., son ennemi capital) il auroit eu la froide cruauté d'observer que, « c'était un peu la faute du malheureux combattant, qui sans doute avait négligé d'emporter avec lui son *Conservateur*. »

LE DILEMME RÉFUTÉ.

*Morceau d'éloquence extrait d'un discours
de M. l'abbé R....., missionnaire.*

« Un maître disait à sa cuisinière : *Dieu
a prévu que je me sauverais ou que je
me damnerais ; s'il a prévu que je serai
damné, j'aurai beau faire, je serai damné ;
s'il a prévu que je serai sauvé, il faudra
bien que je le sois.* »

« Le même jour la cuisinière eut l'ordre
de faire un bon dîner ; elle n'en fit rien ; et
quand le maître argumentateur lui en fit le
reproche, elle répondit : *Dieu a prévu que
vous feriez un bon dîner ou que vous ne
l'auriez pas. S'il a prévu le bon dîner, je
n'ai que faire de m'en mêler, vous aurez
un bon dîner ; s'il a prévu le contraire, j'aurais eu beau faire, vous n'auriez rien eu.* »

L'ILLUSION THÉATRALE.

Un des souverains à la suite de la révolution, vit un jour de sa loge une nouvelle

actrice qui lui parut un vrai morceau de roi, et dépêcha son mercure M.... qui ayant vu de près la donzelle, s'étonna du caprice de son maître; mais comme, après tout, le reste ne le regardait pas, il s'acquitta de sa commission.

La belle *ingénue* dépouillée de son rouge et de son blanc, ne se trouva plus qu'un vieux laidron dans le cabinet de S. M. La regarder et s'enfuir fut pour le roi l'affaire d'un instant. Le pauvre M.... qui, dans une pièce voisine, attendait l'issue des événemens, eut beaucoup de peine à éconduire la malencontreuse actrice; peu s'en fallut qu'il ne devînt solidaire pour la méprise que lui-même n'avait pas faite.

QUATRAIN

Composé pendant la gestion d'un ministre des finances, et publié après sa chute, comme cela se pratique.

Midas avait des mains qui changeaient tout en or :
Que M....... R.. n'en a-t-il de pareilles !
Pour l'Etat obéré ce serait un trésor !
Mais de Midas il n'a que les oreilles !

HUMANITÉ DU GÉNÉRAL O...

Lors de la déroute de Moscou, le général A... ne se sauva que par miracle. Démonté depuis Smolensk, il avait déjà fait plus de cent lieues à pied, lorsqu'il rencontra, par hasard, son collègue le général O..., dans la fatale mêlée. Celui-ci, enveloppé dans des fourrures, se faisait traîner sur un mauvais kibick dont il s'était emparé. A... se croit sauvé; harassé d'une marche si longue et si pénible, il demanda en suppliant une petite place dans ce kibick; mais l'impitoyable O... refusa cette faveur à son compagnon d'armes et, aussi bon égoïste que mauvais général, il précipita sa fuite. A... ne perdit point courage : malgré l'état d'épuisement où il se trouvait, il atteignit les redoutables points de la Bérésina, eut le bonheur de les franchir, et marcha encore à pied jusqu'à Vilna.

DISSERTATION SCIENTIFIQUE SUR LE MOT MOUCHARD.

Tous les jours on traite de mouchards les employés subalternes de la police et bien peu de gens savent d'où leur vient ce nom qu'eux-mêmes prennent presque toujours en mauvaise part. Presque tout le monde s'accorde à le faire dériver de *mouche*, et l'on fonde cette opinion sur ce que la mouche parvient dans les lieux les plus secrets et s'y tient sans que l'on se méfie d'elle ; l'analogie est d'autant plus spécieuse que souvent les hommes dont il s'agit *volent* en exerçant leur honorable métier ; ce n'est pourtant pas là la véritable origine de leur nom. Mercier la fait remonter aux années 1590 à 1600. « A cette époque, il s'était formé, dit-il, dans le royaume, une petite inquisition, qui avait ses familiers, ses anathèmes, son *index*, *ses* PIÉGES, ses *délateurs*, ses bûchers et ses victimes : il y avait surtout un certain MOUCHARD qui se rendit fameux par son zèle à poursuivre et à déférer à ce tribunal quiconque osait *penser* sans sa permission ; et ses recherches , son espionnage , ses délàtions , le rendirent si odieux au peuple que son nom est devenu une mortelle injure , même pour l'espèce d'hommes la plus vile et qui a le moins besoin d'honneur. »

LES TENTURES DE LA FÊTE-DIEU.

Dans une petite ville méridionale , dont presque tous les propriétaires sont protestans , on publia la veille de la Fête-Dieu de l'année 181., une *invitation* par laquelle on ORDONNAIT, *sous peine d'amende* , aux habitans des rues où devait passer la procession, de mettre des tentures devant leurs maisons. Tout le monde obéit , à l'exception du docteur A...., qui ne crut pas devoir déférer à ce commandement inattendu. « Je me suis empressé , écrivit-il au maire, de me rendre l'année passée à une simple invitation de votre prédécesseur ; je refuse aujourd'hui de souscrire à un ordre que l'on me donne avec menace, contre

3

l'esprit et la lettre de la Charte constitutionnelle qui régit les Français, et qui ga-
rantit la liberté des cultes. »

L'EXCUSE DU POETE.

On reprochait à un poëte de cour la foi-
blesse de ses rimes ; il répondit à ce reproche par les vers suivans :

Vous prétendez que mes vers sont mauvais.
   D'accord ! les sages les rejettent,
   Mais aussi les sots les achètent :
C'est pour eux seuls que je les fais.

LE PAUVRE ACCOMMODANT.

Un député, porteur d'un gros ventre, sortait de mauvaise humeur de l'assemblée,
(le ministre l'avait regardé de travers) un
mendiant l'aborde et lui demande la charité,
en invoquant son patriotisme. « Et qui t'a
dit que j'en eusse ? répondit brusquement
notre homme. — C'est égal , Monsieur ,
donnez-toujours ; je prierai Dieu pour qu'il
vous en envoie. »

L'ARGUMENT IRRÉSISTIBLE.

Un ministre proposait à B........ de donner un commandement suprême au général ..... qui sous l'ancien régime ayant fait beaucoup de campagnes, devait y avoir acquis les talens nécessaires pour commander. « Acquis, Monsieur! reprit l'homme de qui dépendait la nomination; ces talens-là ne s'acquièrent point; ils naissent avec le héros. Consultez le maréchal de Saxe; il vous dira qu'*un âne eût-il fait vingt campagnes sous César, ne serait encore qu'un âne à la vingt-unième.* »

TOUT LE MONDE Y TIENT.

Un curé des environs de Paris s'étant avisé de prêcher la restitution des biens nationaux, se plaignit en chaire des distractions et des chuchottemens qu'excitait son discours. Un de ses paroissiens l'interrompit et lui dit d'un ton semi-respectueux : « Cela vient, Monsieur le curé, de ce que vous vous écartez de l'ordre du jour : prêchez-nous la Charte constitutionnelle, et vous verrez comme nous vous écouterons. »

LES CHOSES PAR LEUR NOM.

Un homme comme il faut devenu, on ne sait pourquoi, lieutenant général, s'était mis dans le fort d'une bataille à couvert des coups de fusil derrière un gros arbre. « Mon général, lui dit un grenadier qui courait au feu, vous avez choisi là un bon chef de file; il ne vous manquera pas, j'en réponds. » Surpris un moment après dans la même position par un officier qui avait gagné ses épaulettes, il répondit à ses reproches par ces mots : « Taisez-vous, Monsieur, vous n'êtes qu'un soldat. — Et vous, reprit le brave irrité, vous n'êtes qu'un j.... f..... »

LA VÉRITÉ A BON COMPTE.

Lorsque les libéraux obtinrent (pour quelques mois) la liberté de la presse, on fit courir un couplet supprimé par la censure dans une pièce du Vaudeville. Il se terminait par ce quatrain.

> La liberté d'écrire est grande ;
> On parle avec sincérité,
> Et pour cinquante francs d'amende,
> On peut dire la vérité.

LE QUIPROQUO SANS L'ÊTRE.

Une dame *de haut parage* causant *affaires de famille* avec son mari, homme d'ailleurs assez brusque, lui opposa la conduite de son propre père, qui, dans une circonstance à peu près semblable, avait agi d'une manière toute différente du plan que le gendre paraissait vouloir suivre. « Votre père, Madame, votre père est une *ganache !* » Après cette sortie malhonnête, l'époux tourna les talons sans s'expliquer davantage.

Un tiers assistait à la conférence. « Qu'entend-il donc par ce mot ganache ? lui dit la dame qui, née *en pays étranger*, n'était pas obligée de connaître une des locutions les

3.

plus *familières* du langage familier.—C'est, Madame, répond le confident très-embarrassé, le titre que l'on donne à ceux qui se distinguent par... leur mérite ou leurs emplois.—Grand merci! la chose est bonne à savoir. »

A quelque temps de là, un grave personnage, suivi de ses collègues, vint à l'occasion de je ne sais quel anniversaire, présenter ses hommages à la grande dame, et prononça un discours dans lequel il déploya toute sa rhétorique. « Je n'attendais pas moins de votre affection, lui répond-elle avec un gracieux sourire, vos confrères sont de braves ganaches, mais vous, Monsieur, vous en êtes une encore plus respectable que toutes les autres. »

C'EST LA FAUTE DE ROUSSEAU.

Lorsque les missionnaires vinrent à M....u, planter la croix, ils tonnèrent, selon leur usage, contre Voltaire et Rousseau qu'ils représentèrent comme les auteurs de tout le mal qui arrivoit dans le pays. Mal-

heureusement il existait à M....u un entrepreneur de bâtimens nommé Rousseau dont
les ouvriers croyaient avoir à se plaindre.
Le sermon débité avec une force péné-
trante acheva de leur monter la tête ; et à
la sortie de l'église ils se transportèrent en
masse chez le coupable , à qui sans doute
ils auraient fait un mauvais parti s'il eût été
présent. Il fallut l'intervention de l'autorité, et surtout l'attestation du prédicateur
lui-même pour leur faire entendre que le
Rousseau , cause première de toutes les ca-
lamités de la ville , était mort depuis près
d'un demi-siècle.

MOITIÉ DANS TOUT.

Dans les premiers jours de la révolution,
comme l'on se connoissait à peine encore ,
on estropiait le nom d'un général qui depuis
a donné assez de gages pour que l'opinion
ne soit plus incertaine sur son compte.
Quoi qu'il en soit, il paraît qu'alors on ne
savait pas trop s'il se déclarerait pour la
cour ou pour le peuple, car lorsqu'un ami

en abordant un autre lui disait : « A propos
que pense-t-on de notre général ? est-il décidément patriote ou aristocrate ? » L'autre
répondait, sans hésiter : « Il est *moitié* figue,
moitié raisin. »

LES DEUX SOUFFRETEUX.

Dernièrement un honorable député du
centre sortait de chez le ministre où il avait
copieusement dîné. Un pauvre l'aborde et
lui dit : « Mon gros monsieur, je souffre
beaucoup ; il y a près de deux fois vingt-
quatre heures que je n'ai pas mangé. — Hélas ! mon ami , répond l'autre , pouvant à
peine articuler ses paroles , nous souffrons
donc tous les deux : priez Dieu pour moi. »
Il faut rendre justice à qui elle appar-
tient, le généreux ventru donna une petite
pièce de monnaie au pauvre diable pour le
payer de la commission.

TURPITUDES HISTORIQUES.

Le roi J....., très-galant de son naturel,
vit un jour une jeune personne qu'il trouva

de son goût ; mais la mère *avait des princi-*
pes ; elle ne voulut pas livrer sa fille sans
quelques arrangemens. Il lui fallait un mari
et une dot pour sa fille , un emploi pour le
futur, et pour elle-même une somme assez
forte. Tout cela fut accordé. L'embarras
n'était plus que de trouver un mari ; on le
rencontra dans les bureaux des postes, et
l'affaire se conclut à la satisfaction des parties contractantes. Toutes les conventions
furent remplies de part et d'autre avec une
exactitude digne d'une opération plus honorable. Il n'y eut de victime dans cette
affaire, qu'un malheureux chambellan. Le
pauvre diable avait eu la maladresse de ra-
conter l'aventure : il trouva un soir en ren-
trant chez lui un gendarme qui l'attendait
avec une feuille de route, pour le conduire
à un régiment en qualité de conscrit. Cette
vengeance d'un souverain outragé, parut *dé-*
licieuse à tous ses courtisans, et sa clémence
fut célébrée en prose comme en vers.

NAIVETÉ D'UN ADMIRATEUR.

R.... C.....d venait de pérorer ;
Un sien ami ne cessait d'admirer :
« Certes c'est beau ! je conçois que l'envie
Veuille obscurcir ce prodige d'esprit.
Quelle raison ! quel savoir ! quel génie !
Que je voudrais comprendre ce qu'il dit ! »

ANALOGIE.

Dans un discours d'apparat, prononcé
en 1819 au C..... R.... de F..... par un
professeur de poésie latine (M. T.....) on
a remarqué ce membre de phrase digne d'un
meilleur temps : « L'insurrection, cette *dernière raison* des peuples, comme le canon
est la dernière raison des rois ! »

ERREUR N'EST PAS COMPTE.

Lorsque le nouveau commandant de la
place de M..... vint en 1815 remplacer celui qui avait été destitué : n'ayant point encore eu le temps de se monter un ménage, il
dîna pendant quelque temps à table d'hôte.

dans la principale auberge du lieu. Un jour il se trouva placé à côté d'un très-bel homme, à grandes moustaches, sous l'habit duquel il entrevit un large ruban rouge. Aussitôt il se mit dans la tête que son voisin était pour le moins un officier général, (étranger à la France depuis plus de vingt-cinq ans, rien ne l'obligeait à connaître de vue ses supérieurs,) et il crut qu'il était de son devoir de faire au grand homme les honneurs de la table. Non-seulement il se confondit en politesses, et lui servit les meilleurs morceaux, mais il fit apporter par *extra* deux bouteilles de vin à long bouchon, qu'ils vidèrent à la santé des *honnêtes gens.*

Comme ils sablaient leur dernier verre, une espèce de jockei, en veste galonnée, vint annoncer à haute voix que monsieur le maire autorisait son excellence à dresser ses tréteaux sur la place publique, pour y débiter son élixir odontalgique, son thé suisse, et son eau de cologne. Figurez-vous la colère de notre brave commandant. Il s'en prit aux moustaches de l'empirique,

qu'il voulait, séance tenante, faire couper
par le barbier le plus voisin. Le charlatan
défendit sa barbe, et soutint qu'aucune loi
ne lui prescrivait de raser sa lèvre supé-
rieure; quant au ruban rouge, c'était, disait-
il, une décoration qu'il avait reçue du grand
mogol, pour prix de soins rendus à sa *su-
blimité*, dont il avait vacciné les trois mille
deux cent quarante-trois favorites.

Le docteur en plein vent fut cité devant
monsieur le maire; ce magistrat lui *permit*
de garder ses moustaches, et lui enjoignit
de porter avec plus de discrétion sa décoration du grand mogol. Le soir, le charlatan empressé de rendre à M. le commandant les politesses qu'il en avait reçues fit
donner une sérénade sous ses fenêtres.

AU PRÉTENDU VAINQUEUR DES VAINQUEURS.

W.........! de ta gloire il faut un peu rabattre :
La prudence, au combat, fut toujours ta vertu.
Il est vrai que sans toi Bl..... s'est laissé battre....
Mais sans lui, chacun sait que l'on t'aurait battu.

LE MEZZO TERMINE.

Lorsque M. T.......l'emporta sur M. B....... C....... dans la bataille des élections , un des amis de ce dernier s'écria : « qu'allons-nous faire de ce pauvre C...... qui comptait si fermement sur notre parole. Il faut, pour le dédommager , il faut absolument qu'il soit quelque chose. — Vous voilà bien embarrassés, dit un électeur de l'autre bord , nommez-le *suisse* de la chambre , et personne ici ne lui contestera son titre. »

ÉCONOMIES DE BOUTS DE CHANDELLES.

Dans un royaume voisin et tributaire de la France, pendant l'interrègne, on commença par jeter l'argent par les fenêtres. On voulut ensuite faire des économies, et comme cela se pratique sous une mauvaise administration, elles portèrent précisément sur les objets de la plus indispensable nécessité. Par exemple, on s'avisa un beau matin de supprimer les rations et fourrages à tous les officiers généraux et d'état major.

4

Parmi les militaires français au service de cette puissance, le général Al.. méritait et tenait un des premiers rangs : un beau jour le *Souverain* du pays le vit dans une manœuvre courant à pied à la suite des pièces d'artillerie. Le fait lui parut si nouveau qu'il vint à lui, en criant : « Général ! est-ce que vous n'êtes pas monté.—Sire, répliqua le malicieux Al.., encore tout essoufflé de sa marche précipitée, je suis à pied *depuis que je n'ai plus les fourrages.* »

Le roi lui fit aussitôt donner des chevaux de sa suite, et dès le lendemain les rations furent rendues à l'état major.

LE PARVENU ET SA VIEILLE GARDE-ROBE.

L. F..... que tout Paris a vu laquais, avant la révolution, tient tous les jours table ouverte, entretient une danseuse (qui, à son tour, entretient son coiffeur) et se fait servir par une nuée de valets couverts d'une riche livrée. Dernièrement deux parasites qui avaient dîné chez lui, causaient après le repas, dans l'embrasure d'une croisée.

« Comment avez-vous trouvé le dîner, dit l'un d'eux? — Ce M. de L. F..... devient économe.—Et cette livrée! l'auriez-vous cru insolent à ce point? —Insolent? non, économe, à la bonne heure!

Monsieur à ses valets donne *ses* vieux habits.

UN PETIT ROYAUME DANS LA GRANDE RÉPUBLIQUE.

En ce temps-là, il y avait en France une république qui, par parenthèse, n'avait pas la vie dure, car un seul homme parvint à l'étouffer au bout de quelques années. Tout le monde alors raisonnait ou déraisonnait à sa manière, il ne faut donc pas s'étonner si de pauvres paysans se trompèrent dans l'occasion que nous allons citer.

Les habitans de trois villages de la *ci-de-vant* Franche-Comté, remarquant que les ordres qui leur parvenaient ne portaient plus en tête le *de par le roi*, qui, selon eux, en faisait jadis toute la valeur, s'assemblèrent, et après avoir bien lu et commenté *les droits de*

l'homme, en tirèrent la conclusion toute
naturelle que chacun d'eux étant une frac-
tion de roi, ils pouvaient, de toutes ces
fractions réunies , former une couronne
pour l'un d'eux, que d'un commun accord ils
nommèrent roi des trois communes. Ils savaient, car que n'apprend-on pas en révolution? qu'un roi doit avoir une cour ; ils
nommèrent au leur des ministres et jusqu'à
des gardes.

Cependant le nouveau roi réduit à ne
point travailler, se voyait près de mourir
de faim, quand il s'avisa de faire observer
à ses fidèles sujets qu'il lui fallait un revenu
capable de soutenir sa dignité suprême , et
même de nourrir sa femme et de fournir des
sabots au petit dauphin, qui , sans respect
pour sa naissance, partageait les plaisirs
innocens des autres marmots de l'endroit.

La représentation de S. M. à ses peuples, ayant été trouvée fort juste par eux ,
un détachement partit aussitôt pour faire
une expédition dans le bois d'une commune qui ne se croyait pas si voisine d'un

royaume. Le garde champêtre voulut s'op-
poser à la coupe dont on s'occupait grand
train; il fut saisi et amené devant le monarque, qui, de l'avis de son chancelier, le
fit pendre au plus grand arbre de la forêt
dont la garde lui était confiée.

Cette exécution passait la plaisanterie : la
garde nationale de Bes..... fut envoyée
pour réprimer cette sédition d'un nouveau
genre. Elle fut battue et forcée de se replier.
On lui adjoignit une compagnie du régiment en garnison dans la ville. Oh! alors,
les républicains royalistes furent obligés
de se rendre à discrétion. Mais sur qui
croyez-vous que tomba le plus fort de l'o-
rage? Sur sa majesté et sur la famille royale
qui furent conduits dans les prisons de la
citadelle. On eût tout aussi-bien fait de les
enfermer dans une maison de santé.

LA QUITTANCE.

Un journaliste *ultra* ayant insulté dans
sa feuille un indépendant de la première
4.

force, en reçut, bien malgré lui, une volée
de coups de bâton, dont il se vit contraint
de donner quittance dans les termes suivans :

« Je soussigné reconnais avoir reçu de
M... la somme de soixante coups de canne ,
monnaie ayant cours parmi mes pareils ,
pour les honoraires des sottises que j'ai
débitées contre lui dans mon journal, à
compte de ceux que je déclare m'être dus
si je recommence. De laquelle somme je
le tiens quitte ; à Paris ce ..... 181.

Signé....

LA MESSE LIBÉRALE.

On écrit de .... que les indépendans d'un
village voisin ont fait célébrer une messe
(cette messe rend le fait un peu invraisem-
blable) pour la santé du côté gauche de la
chambre des députés. On assure que le
curé a refusé ses honoraires, mais que le
sonneur a pris les siens sans façon. Il est
rare que ceux qui veulent faire du bruit
fassent du bien.

MIRACLE OPÉRÉ AU XIXᵉ SIÈCLE.

Rome et Paris retentissent de la nouvelle d'un miracle opéré dans l'une ou l'autre de ces villes, selon que le narrateur habite la capitale du monde chrétien ou celle du royaume de France. On sait que les histoires ne sont bonnes qu'autant qu'elles viennent de loin.

Un pèlerin s'étant présenté un vendredi dans une auberge, on lui servit un chapon rôti. Il se mit en oraison, fit un signe de croix, et le chapon rôti se changea en carpe frite. Ce brave homme mangea la carpe sans scrupule, comme on s'en doute bien, et poursuivit son voyage, dans le cours duquel il mourut. On espère qu'il sera canonisé à la prochaine promotion et qu'il voudra bien, après sa mort, poursuivre la carrière de miracles qu'il s'est ouverte pendant sa vie.

COQ-À-L'ÂNE ÉLECTIONNEL.

Un particulier que l'on voulait pousser

à la chambre des députés et qui ne demandait pas mieux que de s'y faire admettre,
composa lui-même une espèce de bulletin,
que ses amis répandirent avec profusion.
Le manuscrit portait, après maint éloge
amphigourique :

« Vous ne pouvez, électeurs, vous trom-
per en réunissant vos voix sur un homme,
qui, dans tous les temps, s'est distingué par
la grandeur de son caractère. » Mais l'é-
criture était mauvaise ; l'imprimeur lut et
composa : *par la grandeur de sa tabatière*,
ce qui donnait à l'éloge une tournure ironi-
que. Les gens de l'autre bord crurent le
candidat éliminé du coup ; ils se trom-
paient. Le député en herbe, que cette faute
typographique avait d'abord attéré, s'avisa
de paraître dans son collége le jour des
élections avec une boîte énorme. Messieurs
les électeurs, priseurs déterminés, vinrent
tous l'un après l'autre y puiser d'excellent
tabac, dont il la fit remplir cinq à six fois,
et grâce à la *grandeur de sa tabatière*, il
emporta presque toutes les voix.

LE PLUS GRAND DES MINISTRES.

On parlait de M. D...... au cercle de madame de..... : « Il faut, disait-on, que cet homme ait un génie supérieur pour se maintenir au ministère, en dépit de deux oppositions aussi fortement prononcées. — Un génie, dit la maîtresse du logis ! la chose n'est pas douteuse ; il n'y a dans toute la France qu'un seul être digne de lui être comparé, de l'emporter même sur lui. — Qui donc ? — Le ministre qui le remplacera. »

MENACE IMPRUDENTE.

En 1819, un électeur disait à d'anciens vassaux, devenus ses collègues : « Je vous en préviens, si L. F...... est nommé député, je quitte *la province* dans les vingt-quatre heures. — Taisez-vous donc, lui dit tout bas un des siens, *vous lui ferez avoir* toutes les voix ! »

LE CRI SÉDITIEUX.

Dans un temps où les cris séditieux étaient
plus dangereux à faire entendre qu'aujour-
d'hui ; où les juges ne se contentaient pas
d'excuses telles qu'un moment d'*ivresse;*
où les corps-de-gardes et les cabanons de
Bicêtre étaient considérés comme lieux publics ; où les avocats n'avaient pas encore
imaginé une subtile différence entre crier
et *proférer,* qui est le mot de la loi, un
pauvre diable fut accusé d'avoir prononcé,
en pleine rue, le cri de *vive l'empereur.*
Conduit devant le tribunal, il s'excusa en
ces termes : « Messieurs, je sortais de chez
moi avec cette redingotte , que je venais
de mettre pour la première fois, et dont
j'étais assez mécontent ; car, comme vous
le pouvez voir, vous-mêmes, elle est beaucoup trop juste à ma taille ; je rencontre
malheureusement le tailleur qui l'a faite,
je lui reproche de m'avoir mis à la gêne ;
il prétend que c'est la mode, et je m'écrie
dans mon dépit : *je me moque de la mode ,*

moi, *et* VIVE L'AMPLEUR ! Ces mots, mal in-
terprétés, ont été la cause de mon arresta-
tion ».

AVENTURE FALOTTE.

Les lumières ne sont pas aussi répandues
à Aix-la-Chapelle que dans la capitale de
la France. On en a eu, pendant la session
du dernier congrès, maintes preuves, parmi lesquelles nous prendrons au hasard
l'anecdote suivante.

A défaut de réverbères, suspendus dans
les rues à distances égales, des hommes,
porteurs de falots, semblables à ceux que
l'on voit l'hiver, à l'issue de nos grands
spectacles, reconduisent les particuliers à
leur domicile, et en reçoivent une légère
récompense. Pour éviter aux illustres membres du congrès l'embarras de traiter avec
ces malheureux, la police imagina de mettre tous les falots en réquisition. Rangés
en bataille à la porte des lieux publics où
quelque réunion avait lieu, ils attendaient
la sortie de certaines personnes de distinc-

tion, précédaient leur voiture en l'éclairant,
et si au lieu de rentrer directement à l'hôtel qu'elles habitaient, elles avaient quelque visite à faire, ils restaient dehors pour
les reprendre ensuite et ne les quitter qu'a-
près les avoir remises chez elles. Ces hommes étaient ou n'étaient pas payés pour cela,
et s'acquittaient strictement de leur commission. Un soir, dès l'ouverture d'un bal
masqué, le prince de.... entra en conférence avec madame de....., que *des affaires*
avaient amenée au congrès; il s'agissait apparemment d'un objet *très-conséquent*, car
les deux interlocuteurs s'éclipsèrent quelques instans après, et se rendirent au logis
de madame de..., afin d'y mettre sans doute
la dernière main. A la petite pointe du jour,
un officier de ronde trouve deux falots endormis à la porte de la dame; il les réveille en disant : « Que diable! faites-vous-là, à l'heure
qu'il est? — Nous faire le devoir. Attendre
monseigneur le prince de...., qui, depuis
dix heures du soir, rendre le petit visite à
madame de..... »

Le *petit visite* se répandit dans toute la ville, dès le lendemain, et la dame se vit obligée de la quitter avant la fin du congrès.

L'ABUS DES MOTS.

Un électeur, entrant dans son collége, fut abordé par un homme de sa connaissance, qui lui demanda pour qui il se proposait de voter : « Pour le candidat patriote, répondit-il. — Patriote ! ignorez-vous, mon cher, qu'en 1793 les septembriseurs se paraient de ce titre. — Cela peut être ; mais je sais aussi qu'en 1815 les égorgeurs du midi s'intitulaient *royalistes !* »

QUI SE RESSEMBLE S'ASSEMBLE.

Vieux proverbe en forme de dialogue.

Que fais-tu dans ces lieux, ô lion du désert ?
—Je suis de l'Institut, je porte l'habit vert.
—Mais qu'as-tu fait ? quelle œuvre obtint un tel salaire ?
—Qu'ai-je fait ? ce qu'ils font : nuit et jour de l'eau claire.

SANG-FROID D'UN POÈTE.

Il paraît que le célèbre abbé D..... n'était pas aussi heureux *en ménage* qu'en poésie, si cependant on peut être malheureux avec un sang-froid semblable à celui dont nous allons citer deux traits choisis parmi tant d'autres.

Madame D...... lança un jour un gros in-folio à la tête de son mari. « Ma bonne, lui dit-il tranquillement, ne pourriez-vous pas me faire des caresses en plus petit format ? »

Une autre fois, un de ses amis venant lui rendre visite, le trouva le visage, les cheveux, les habits imprégnés d'une liqueur rouge, qu'il prit d'abord pour du sang. « Tranquillisez-vous, mon cher, lui dit le maître de la maison, ça s'en ira, ce n'est que de la *détrempe.* » C'était encore l'effet d'une nouvelle caresse de madame son épouse, qui lui avait jeté à la figure un pot de couleur préparé pour teindre le parquet de l'appartement.

LE REVERS DE LA MÉDAILLE.

Un de nos honnêtes gens, celui qui prêche à la tribune la morale la plus pure, animé sans doute du louable dessein de convertir quelque pêcheresse, monta dernièrement, dit-on, dans un lieu suspect, où il tint, pendant plus de deux heures, une pieuse conférence avec une néophite, encore jeune, qu'il se proposait de tirer du précipice. Au moment de la quitter, réfléchissant apparemment que la misère seule retenait beaucoup de ces malheureuses dans le bourbier du vice, il lui laissa dans la main quatre pièces d'argent, et se retira, regardant de tous côtés si personne ne l'observait, tant la vertu met de mystère à la pratique des bonnes œuvres.

Mais celle-ci ne devait pas rester inconnue. Dans les quatre pièces que sa générosité lui avait consacrées, il ne s'en trouvait que trois de cinq francs, la quatrième était une médaille d'argent, à face royale, portant pour légende : *chambre des députés,*

et au bas , le nom d'un Romain célébré par
Virgile. La jeune personne ne trouvant pas
ce nom-là français, craignit de ne pas retrouver son homme et tout bonnement re-
porta la médaille à l'un des questeurs ; celui-
ci la rendit à son propriétaire , et la renom-
mée de ce trait honorable de sa vie vola de
bouche en bouche. On assure que , pour en
perpétuer la mémoire, monsieur le directeur
des médailles en fait frapper une nouvelle,
qui portera , pour exergue , cet hémistiche
latin : *tu M........ eras.*

PLUS D'AMIS !

Ou *le fruit des guerres civiles.*

Deux amis de collége , après vingt-cinq
ans de séparation , se rencontrent au Palais-Royal. « Je ne me trompe pas , dit l'un
d'eux, vous êtes Auguste de..... — Oui ,
Monsieur... Eh ! vraiment, c'est Charles
de F.... — Ah ! mon ami, que j'ai de plaisir à te revoir. — Et moi, chevalier, j'en
suis enchanté, ravi ! — Embrassons-nous!
— Ah! de grand cœur. — Mais, mon cher,

que diable es-tu devenu depuis tant d'années ? — Oh! j'ai cruellement souffert ; je
passai la frontière en 1792. — En 1792? —
Je courus me ranger sous les drapeaux de
Condé....—Vous avec donc?....—J'ai com-
battu dans toutes les occasions où donna
ce corps respectable ; tu juges combien de
fois je me suis vu en pleine déroute. —
Fort bien. — Mais quelle figure allongée !
— Je crains, beaucoup, Monsieur.... —
A propos! que faisais-tu tandis que j'étais à
l'armée royale ?—J'étais en face. »

Et les deux amis, comme de concert, se
tournent le dos et s'éloignent pour ne se
revoir jamais.

LES AVANTAGES D'UNE SAINTE ÉDUCATION.

Honneur, honneur aux chers ignorantins :
Gens précieux dans le siècle où nous sommes !
   Quand notre France a besoin d'hommes,
   Ils la peuplent de sacristains !!!

IL EST AVEC LE CIEL DES ACCOMMODEMENS.

On a fait, sur la censure des journaux,
le conte suivant :

Un journaliste envoya, à l'un des cen-
seurs, un article dans lequel il s'était avisé
de parler de l'état de l'atmosphère dans
la journée précédente. « Pourquoi, lui dit
l'homme aux ratures, avez-vous écrit qu'il
avait fait beau temps ? — Parce que c'est
un fait. — Un fait!... A la bonne heure.
Mais, d'où le tenez-vous ? est-ce de la
préfecture, du ministère ou de ...... —
Non, je m'en suis tout bêtement rapporté
au témoignage de mes yeux. — Vos yeux!
êtes-vous bien sûr qu'ils ne vous trompent
pas de temps à autre? — Cela pourrait arriver, mais cette fois... Cependant, si cela
vous fait plaisir, je dirai que le temps a
été mauvais. — Toujours des excès, jamais
un milieu! et mon cher, imprimez qu'il n'a
fait ni beau ni laid, c'est le moyen de né
brouiller ni vous ni moi avec les puissances. Par-là, vous conserverez votre privi-
lége et moi je ne perdrai pas ma place. »

LA CONTRE-PARTIE.

Les *honnêtes gens* du Conservateur ne pouvant pas enlever au général Cambronne l'honneur de sa réponse héroïque : *la garde meurt et ne se rend pas*, l'ont *adroitement* parodiée dans un des paragraphes d'une de leurs feuilles. Voici ce passage :

« Des regards de pitié ne tomberont-ils pas sur des malheureux royalistes qui ont marqué dans les cent jours? On dit que plusieurs mendient dans les rues; d'autres ont l'âme plus fière : privés de tout, même d'alimens, ils ne cèdent pas aux gémisse-mens de leur famille indigente ; en vain on les invite à demander des secours à leurs fortunés adversaires; *ils ne se rendent pas : ils meurent.* »

LA STAGNATION DU COMMERCE.

Un confiseur libéral, dont le magasin s'était à peu près entièrement vidé dans la matinée du 1er janvier 1820 , se plaignait à l'un de ses amis de la nullité *absolue* du commerce : « Mais , lui dit celui-ci , vous n'avez plus rien de confectionné ; cela prouve.... — Cela ne prouve rien du tout. Ah ! mon cher, sans les projets de loi sur la liberté de la presse, sur la liberté individuelle , sur les élections principalement , ce serait bien autre chose ; je n'aurais pas une dragée de reste ! » Exclamation touchante qui rappelle celle d'un frondeur de l'autre bord, à qui l'on faisait compliment sur la grosseur des pêches de son jardin : « Ah ! répondit-il en soupirant, si vous les aviez vues *avant la révolution !!!* »

LES SCRUPULES.

En 1819 , le maire d'une grande ville prit un arrêté , par lequel tous les décroteurs, pour continuer leur état, seraient obligés de justifier d'un *billet de confession*. Aussitôt on vit paraître l'épigramme suivante :

Combien te dois-je André ? — Deux mois notre pratique.
— Voilà dix f. aucs. — Monsieur veut-il me renvoyer ?
— Je suis vraiment fâché de ne pas t'employer :
Mais le maire le veut : *tu n'es pas catholique.*

LE DÉFENSEUR OFFICIEUX.

Pendant les cent jours, le comte de.....
eut le courage de prendre, dans une assemblée assez nombreuse, le parti du gouvernement renversé. « Il faut que monsieur le
comte ait raison, dit quelqu'un de la société,
son accent est celui d'un homme bien con-
vaincu de ce qu'il avance ; et d'ailleurs, *la
légitimité* ne saurait avoir un défenseur plus
désintéressé ; tout le monde sait qu'il est
bâtard. »

LA GIROUETTE.

Un de ces hommes, qui tournent avec le
vent, après avoir impudemment encensé
Bonaparte, avait dit de lui pis que pendre, quand le roi légitime remonta sur le
trône de ses aïeux. Il était loin de s'attendre au 20 mars, qui désappointa bien
d'autres que lui. Comment paraître au château, maintenant occupé par celui que, la
veille encore, il qualifiait d'usurpateur ? N'o-
sant s'y rendre, il écrivit le 21, et ne reçut

aucune réponse ; le 22 , il reprit la plume , non moins inutilement. Le 23 , *et jours suivans* , il se promena sur la terrasse , se campa devant la croisée impériale et n'en bougea qu'à la nuit. Ses gens, remarqua- bles par les couleurs tranchantes de leur livrée , eurent ordre de se mêler aux grou- pes , et de crier , plus haut que tous les au- tres , *vive....* Tout cela n'y fit rien. Une dernière ressource lui restait , il s'enferme chez lui , ne reçoit personne et écrit une troisième fois à N......., pour lui annon- cer que , désespéré de lui avoir déplu, il est tombé malade et mourra peut-être de honte et de douleur. L'homme du destin fit encore la sourde oreille.

Après trois semaines d'attente inutile, notre moribond reparaît sur la fameuse terrasse , mais dans l'état de langueur le mieux caractérisé ; cette ruse n'eut pas plus de succès. B........, dont les affaires s'é- taient singulièrement dérangées en trois mois, partit pour Rochefort, et de là pour Sainte - Hélène , et les Bourbons furent

rendus aux vœux du solliciteur impérial,
qui, soudain, se trouva bien guéri par le
seul fait de leur retour. Il eut encore l'art
de faire valoir, pour son avancement, l'i-
solement involontaire dans lequel il avait
passé les cent jours; malheureusement pour
lui, l'usurpateur n'avait ni emporté, ni
brûlé ses trois missives.

LE RÉDACTEUR EXACT.

M. A. de Ch. assistait au ridicule procès
de Mathurin Bruneau, et se faisait un plaisir *malin* de relever les fautes de français
qui échappaient sans cesse au prétendu
Louis XVII. « M. le président, s'écriait
chaque fois le puriste parisien, l'accusé a
dit *coronel*; il a prononcé *introduisa* pour
introduisit; *excroquage* pour *escroquerie*;
et ainsi de suite. » On assure même qu'en
sortant de l'une des audiences, ce judicieux
observateur dit, à qui voulut l'entendre :
« Hé bien ! sans moi pourtant, on laissait
échapper aujourd'hui deux *saquerguê* et

quatre *je me f... de vous*, Monsieur le président. »

VOEU PATRIOTIQUE.

La populace entourait dernièrement, à Londres, un pair qui sortait d'une des séances du procès de la reine : « Criez , vive la reine , lui disait-on de toutes parts; criez, vive la reine! — Vous le voulez, mes amis. —Oui, oui, oui!—Eh bien ! vive la reine , et puissent toutes vos femmes lui ressembler!!!»

LE CULTE DU SOLDAT.

Un aumônier , attaché nouvellement à un régiment, s'en allait questionnant chaque soldat, pour connaître ceux qui appartenaient à sa communion. «Qui es-tu , toi ? disait-il au premier. — Calviniste. — Et toi? — Catholique. — Bon ! et toi? — Luthérien. — Ouf! et toi? — Je n'en sais rien. » Il arrive à un grenadier qui, sans faire attention à lui, fumait philosophiquement sa pipe , et répète sa question. Et toi? — Qu'est-ce que tu dis? Ah! pardon, monsieur l'abbé! — Je vous demande, mon ami, de quel culte vous êtes? — *De la vieille garde*, Monsieur! » Et l'impassible grenadier fume de plus belle ; mais cette fois il ne *fuma* pas seul.

L'ILLUSTRE HYDROPIQUE.

Madame de S...., persécutée par Bonaparte, était la plus malheureuse femme du monde. Pour faire distraction à ses infortunes, elle épousa secrètement M. de R...., devint grosse, et afin de mieux cacher sa situation, eut recours à la faculté, dont une consultation la déclara hydropique. Comme il fallait que sa *maladie* prît fin, elle s'échappa de Paris un beau jour, et s'alla établir à C..., où elle guérit le plus *naturellement* possible.

On fit alors courir cette épigramme en guise de madrigal.

Par ses œuvres, par son génie,
Elle va droit à la célébrité,
Et jusqu'à son hydropisie
Rien n'est perdu pour la postérité.

L'APPROCHE DES ÉLECTIONS.

Épigramme.

CE petit fat, noble inutile
Si fou de ses vieux parchemins,
Dont la morgue et les airs hautains
Amusaient la cour et la ville,
S..... P... s'humanise aujourd'hui :
Il ne déchire plus personne,
Il salue, et même il raisonne ;
Les roturiers dînent chez lui.
Lerond, (un homme de commerce)
Avec S..... P... rit et converse,
Et de sa table obtient l'honneur !
-- Un tel miracle est-il possible ?
Me direz-vous.... c'est une erreur !
-- Non, non ; le noble est éligible
Et le marchand est électeur.

CITATION SUR LE MÊME SUJET.

Un député du centre se félicitait, en présence d'un membre du côté ....., des efforts qu'il avait faits pour soutenir la dernière loi des élections (celle de 18..). « Hélas ! mon cher collègue, lui dit ce dernier, je crains bien qu'elle ne tourne pas à

votre avantage autant que vous l'espérez.
— J'ai déjà reçu des lettres de félicitation
de DEUX électeurs de mon département,
qui m'assurent que, grâce à la loi, la chambre de 18.. sera mieux composée que celle
même de 18..—Vous pourriez avoir raison,
mais la confiance aventurée de vos corres-
pondans, me rappelle le trait de ce père
de famille, qui, pénétré d'admiration pour
Rousseau, trouva le secret de parvenir jusqu'au philosophe de Genève. *Monsieur,*
lui dit-il, *vous voyez un homme qui a pris
à tâche d'élever son fils, suivant les principes qu'il a eu le bonheur de puiser dans
votre divin Émile. — Eh bien ! Monsieur,
tant pis pour vous et pour monsieur votre
fils,* lui répondit Jean-Jacques. Là-dessus
il tourna le dos à son admirateur ; permet-
tez-moi d'en faire autant. »

ENTENDONS-NOUS.

On a remarqué parmi les noms des p...,
désignés dans une promotion assez considérable, celui d'un homme dont le père

était orfèvre au commencement de la révolution. « Est-ce pour les services qu'il a
rendus? disait-on, dans une société. —
Non, répondit une autre personne, c'est
en mémoire des *services* de monsieur son
père. »

LA RESSOURCE DES GENS COMME IL FAUT.

« On n'y peut plus tenir, disait dernièrement le comte de .... Comment! sur
dix-neuf suicides, qui ont eu lieu depuis
l'autre semaine, quatorze au moyen du pis-
tolet! et tous artisans encore! un boulanger, un cordonnier, un tailleur, un décro-
teur; enfin que sais-je? si cela continue,
les gens comme il faut n'auront plus d'autres ressources que de mourir d'indiges-
tion. »

LA CHARITÉ SACERDOTALE.

On aura peut-être peine à croire qu'au
19e siècle on ait trouvé sur les murs de la
chambre de J.-J. Rousseau, à l'île Saint-
Pierre, au milieu du lac de Bienne, ce dis-

tique, tracé de la main d'un prêtre, s'il
faut s'en rapporter à la signature qui l'accompagne :

« C'est ici que l'enfer a placé le berceau
De cet hydre fameux , du perfide Rousseau. »

Signé **N.....**, curé *catholique*.

ANTITHÈSE.

Dans le temps que nos assemblées se divisaient en côté gauche et en côté droit,
on répandit un beau jour l'épigramme suivante :

« Dans cette assemblée où l'on fauche
Et le bon sens et le bon droit ,
Le côté droit est souvent gauche ,
Et le gauche n'est jamais droit. »

ASSAUT DE POLITESSES.

Lors de la grande promotion de pairs que
nécessita la proposition de M. Barthélemy ,
contre l'ancienne loi des élections dont on
a cependant reconnu plus tard *les dangers* ,
M. le marquis voulait à toute force céder
un jour le pas à l'un des nouveaux élus.

« Il n'en fera rien, lui dit le spirituel et malicieux C.... de S...., il sait trop *ce qu'il vous doit.* »

RÉFLEXION PATRIOTIQUE.

A la nouvelle de l'assassinat de Kotzebuë, par le fanatique Sand, M. O...., qui s'y connaît, s'écria, dit-on : « A la bonne heure, voilà une tête fortement organisée ! si jamais l'Allemagne s'en mêle, sa révolution ne sera pas à l'eau rose, *comme la nôtre.*»

LA MANIE DE BRILLER.

Un homme *raisonnable* s'était jeté à corps perdu dans le parti des hommes monarchiques. On lui en fit des reproches. « Que voulez-vous que je fasse? répondit-il. N'y a-t-il pas sans moi assez de libéraux? Si je parlais comme tout le monde, on ne ferait pas attention à moi; j'ai donc cent pour cent de profit dans la cause que j'ai embrassée. Je serai absurde, mais je gagnerai en importance bien au delà de ce que je pourrai perdre en popularité. »

LE CANDIDAT AU MINISTÈRE.

Dans un moment où l'astre de M. de C....
semblait pâlir, un plaisant proposa M. C....
pour le remplacer. — « Mais à quel titre?
dit une personne de la société qui avait pris
la proposition au sérieux. — A quel titre ?
M. C..... vient de disséquer l'éléphant; il a
passé trois jours DANS *son corps*, personne ,
mieux que lui, ne doit connaître l'*intérieur*. »

SINGULIERS RAPPROCHEMENS.

Dauton qui fit établir le tribunal révolutionnaire, en fut une des premières victimes ; Osselin rapporteur du projet relatif
aux émigrés , se vit condamner par une des
dispositions de cette loi. Marat prêcha l'assassinat et mourut assassiné. Manuel , procureur de la commune de Paris, tomba sous le
couteau de la guillotine , qu'il avait célébrée
dans son *père Duchesne*; Coffinhal , accu-
sateur public , refusait la parole aux accusés
et périt sans être entendu; Robespierre prononça le premier les mots terribles de *hors
la loi*, et fut mis hors la loi par ses collègues ;
enfin , pour abréger des citations qui pour-

raient aller à l'infini, le grand détrôneur des
rois, fut détrôné lui-même à son tour.

DÉLICATESSE D'UN FOURNISSEUR.

Le fameux S... R...., qui a fait, dans
les fournitures, une fortune scandaleuse,
avait entendu vanter l'extrême susceptibi-
lité de M. V...., sous-chef au ministère
de...., qui s'était utilement employé pour
lui faire conclure un nouveau marché avec
le gouvernement. Comment s'y prendre pour
faire accepter un présent honnête à un si
rigide observateur des convenances ? Le
cadeau lui fît-il envie, par *decorum*, il fau-
drait qu'il le refusât ; vous conviendrez que
le cas était embarrassant. Enfin, après y
avoir rêvé près de huit jours, notre mondor se décide à faire une visite à son pro-
tecteur subalterne. Après force remercî-
mens, éludés avec beaucoup de modestie,
le fournisseur aperçoit, sur le bureau, une
tabatière ouverte, il y prend une prise.
« Vous permettez ? dit-il..... Oh ! l'excellent tabac ! jamais je n'en goûtai de meil-

leur. — Il n'est pas mauvais en effet. — Parbleu! en voilà, reprit M. S... R...., en tirant de sa poche une superbe tabatière en or, enrichie de diamans; en voilà que je paie fort cher, et qui ne vaut pas le vôtre. — Il est bon cependant. — Vous trouvez? — Fort bon! — Parbleu! rendez-moi, mon cher, un nouveau service! je ne puis souffrir l'odeur de ce tabac, changeons de boîte. — Vous plaisantez, la mienne n'est qu'en buis. — Je la trouve charmante. Allons, mon ami, ne me refusez pas ce petit plaisir-là. » A ces mots, le fournisseur s'empare de la tabatière, laisse la sienne à la place, s'enfuit et court encore.

CE N'EST PAS LE TOUT D'AVOIR LA CLEF.

Les réfugiés français, dans le commencement de la révolution, étaient persuadés que l'aspect seul d'un mouchoir, déployé sur la frontière de France, suffirait pour réunir à leur parti les bourgeois et les paysans. L'un d'eux, le baron d'H....., disait, à ce sujet, à la table même du roi de

Prusse : « Messieurs, j'ai dans ma poche
la clef des places fortes de la France.—Général, lui répondit le chevalier de B......., ,
ambassadeur d'E....., à la cour de Berlin ,
je crains bien que nous ne trouvions les
serrures changées. »

LA CITATION A TOUTES SAUCES.

L'abbé de P.... faisait dans un cercle
un magnifique éloge de la chambre de
1816. « On peut, dit-il, lui appliquer ce
passage des saintes écritures : *Exultavit
ut gigas*. Elle s'est levée comme un géant.
— M. l'abbé, interrompit un homme d'une
physionomie respectable, il me paraît que
vous affectionnez cette image ; car je me
rappelle qu'il y a quelques années vous fîtes
retentir l'église Notre-Dame de la même citation , et dans une occasion un peu dissem-
blable , vous disiez alors : *Exultavit ut gigas Imperator*. — Il est vrai, reprit l'abbé ;
je vois que vous avez bonne mémoire, et je
vous en félicite. »

LE CHOIX INDISPENSABLE.

« Pour qui voterez-vous? disait un électeur de Paris à l'un de ses collégues. — Pour B.......C.......—Êtes-vous fou ? B.......n'est pas Français. — Il y a long-temps qu'il s'est fait naturaliser. — Je vous dis qu'il est Suisse. — En êtes vous sûr? — Comme de mon existence. — En ce cas, je lui donne ma voix. Les Suisses ne sont-ils pas le plus ferme appui du trône? N'a-t-on pas dit à la tribune qu'ils sont plus Français que nous? J'en conclus que je ne puis faire un choix plus agréable au ministère, et je nomme B.......C........ »

SANG-FROID D'UN ACADÉMICIEN EN HERBE.

Le jour même de la mort de M. de Choiseul, qui laissait une seconde place vacante à l'académie, Monsieur C... de D...., éternel aspirant au fauteuil, se présenta à son hôtel pour quêter son suffrage. « Hélas ! lui dit le suisse, nous avons eu le malheur de le perdre, il n'y a pas encore un quart d'heure. — Vraiment ! dit le solliciteur , à peine affecté de cette triste nouvelle. Hé bien ! je venais demander sa voix, je vais actuellement demander sa place. »

LA DISPROPORTION.

Un monsieur, placé au balcon du Théâtre-Français, pendant une des premières représentations de la *Fille d'honneur*, se récriait sans cesse contre l'exagération de certains passages , dont le parterre faisait *libéralement* l'application à la noblesse. « Ah! c'en est trop! s'écriait-il, l'auteur va trop loin! voilà des traits d'une force impardonnable. — Vous avez raison, lui dit un voisin, ennuyé de toutes ces exclamations ; M. Duval s'est grossièrement trompé ; il s'est armé d'une massue pour écraser un insecte. »

RUSE MINISTÉRIELLE.

Le ministère, désirant de faire passer un projet de loi pour lequel il ne se croyait pas assez sûr de la majorité, imagina un moyen assez plaisant de comprimer l'un de ses adversaires naturels. Au commencement de la discussion, un de ces personnages douteux, qui ne se placent, ni à l'extrême gauche, ni à l'extrême droite, et encore moins au point le plus marqué du centre, un de ces personnages, dis-je, s'approcha mystérieusement de M. de Ch......., dont on redoutait surtout la loquacité. « Depuis long-temps, dit-il, les libéraux brûlaient de voir votre portrait figurer à côté de celui de M. de L. F...... ; un fameux lythographe est là dans la tribune, où il veut tâcher de saisir vos traits. Ayez la complaisance de vous prêter à ses désirs. C'est l'affaire d'un moment, et je vous avertirai quand il aura fini. » Les plus chauds patriotes ne sont pas exempts d'un peu de vanité ; M. de Ch....... se tint roide comme un piquet, pendant toute la séance, le ministère obtint tout ce qu'il voulut, et la lythographie de l'honorable membre est encore à faire.

LE VIN PAR EXCELLENCE.

En 1818, les Lorrains donnaient au vin de leur récolte, le titre de vin *noble*, parce qu'ils le trouvaient fier (1) et plat.

BON MOT D'UNE FEMME D'ESPRIT.

M. B.... L......, le meilleur, et s'il faut l'en croire, le seul poëte de nos jours, se présenta chez madame de Staël, quelque temps avant qu'elle fût atteinte de la maladie qui l'a enlevée aux lettres et à ses amis. Dans la conversation, la J........ D...... (ouvrage de M. B.... L......) fut mise sur le tapis ; la dame d'esprit témoigna le désir d'en entendre quelques fragmens , et l'auteur, qui avait par hasard (il le dit du moins) son manuscrit dans sa poche, entama le premier chant, et poursuivit jusqu'au delà du cinquième. Une personne présente , se penchant à l'oreille de la maîtresse du logis ,

(1) *Fier* , en patois lorrain , signifie aigre.

lui dit bien bas : « C'est beau! fort beau;
mais bien long! — Que voulez-vous, répondit madame de Staël! tâchons de prendre notre plaisir *en patience.* »

L'OPPOSANT.

Il existe de par le monde politique un
homme que nous ne désignerons pas même
par la lettre initiale de son nom, parce que
sa frisure, hautement retapée, le rend trop
facile à reconnaître. Hé bien! cet homme,
qui a rempli des places importantes sous
la *tyrannie impériale*, c'est ainsi qu'il qua-
lifie le gouvernement usurpateur, dont il a
fait partie ; cet homme, dis-je, est, s'il
faut l'en croire, le seul des conseillers intimes de Bonaparte, qui ait constamment
protesté contre la puissance de son maître.
On demandait, dans une société, en quoi
avait pu consister sa perpétuelle protesta-
tion. « Parbleu! répondit un plaisant, cela
se voit de reste. Tandis qu'autour de lui tout
le monde se faisait *tondre* à l'impériale,

lui seul conservait *l'oiseau royal.....* DANS
SA FRISURE. »

LE RIVAL DE M. COMTE.

Deux amis se promenaient aux Tuileries :
l'un d'eux se mêlait fort peu de politique ;
l'autre au contraire s'en occupait beaucoup,
et savait, par cœur, la statistique de la
chambre des députés. Le premier montrant
du doigt un homme qui arrivait par le Pont-
Tournant, dit à son ami : « Voilà un gaillard qui se porte bien ! as-tu déjà rencon-
tré quelque part cette mine de jubilation ?
— Je ne vois qu'elle tous les jours, et
presqu'à toute heure. —Est-ce un personnage marquant. — Très-marquant, je t'assure, principalement l'après-midi. C'est
un de nos plus fameux *ventriloques.* —
Serait-ce là ce Comte dont j'ai tant de
fois entendu parler ? — C'est bien un
comte, en effet, mais non pas celui que tu
penses. Cependant il possède quelques-uns
des talens de celui pour qui tu le prends.
Souvent, dans une bruyante assemblée, il

escamote des voix en faveur du ministère,
et il y parle d'autant mieux, qu'il puise
toute son éloquence dans son ventre. »

LES RIVAUX AMIS.

M. M........., rédacteur d'un journal plus
que *blanc*, et M. T....., rédacteur d'une
feuille plus que constitutionnelle, se *rencon-
trèrent*, il y a quelque temps, chez un restaurateur du Palais-Royal. Ces Messieurs sont
convenus de se dire, en public, les injures
les plus atroces et de s'accabler en particulier de politesses. « Eh bien! mon cher,
dit M. M........., comment va votre journal? — Eh! eh! pas mal! pas mal, du tout.
Et le vôtre? — Ah! ah! pas bien, sur ma
parole. Notre couleur n'est plus de mode. Si
nous en étions à recommencer !... — Oh!
je le conçois, notre SPÉCULATION vaut bien
mieux que la vôtre. »

UN HASARD SINGULIER.

Le jour de l'installation de N***, on
enleva un énorme ballon portant une vaste

7.

couronne, qui alla précisément tomber à Rome sur le tombeau de Néron. Le chef du gouvernement s'informa de ce qu'elle était devenue, et force fut de le lui apprendre avec tous les ménagemens possibles. On s'attendait à de l'humeur; il répondit seulement : « Hé bien! je l'aime mieux là que dans la boue! »

LE SECRET DE LA CENSURE.

« Vous ne savez peut-être pas, disait un habitué libéral des Français, pourquoi la censure dramatique empêche la représentation du Tibère de Chénier, qu'elle avait d'abord autorisée? — Parce que la pièce a paru dangereuse dans les circonstances où nous nous trouvons. — Ce n'est pas la pièce qui a inquiété l'autorité, c'en est un vers; que dis-je? un seul hémistiche. — Un hémistiche! — Un seul. Un des personnages disait au tyran :

« Rends-nous Germanicus. . . . . . . »

Vous sentez bien que le parterre, mécon-

tent de la suspension du Germanicus de
M. Arnault, aurait aussitôt fait chorus avec
l'acteur. »

L'ESPRIT BIEN FAIT.

Sous le gouvernement *de fait*, une dame
de beaucoup d'esprit jouait à l'écarté avec
un ex-conventionnel (sous-entendez un *régicide*). « *J'accuse* le roi, dit celui-ci, en
relevant ses cartes. — Monsieur, répliqua
vivement la dame, on n'accuse pas le roi,
on l'assassine. — Vous cassez les vitres,
Madame, lui dit tous bas quelqu'un de la
compagnie. Songez donc qu'il ne faut pas
parler corde dans la maison d'un pendu.
— Bon, si nous avions ici des pendus! re-
prit-elle, sans hésiter; pour moi, je n'y
vois que des gens à pendre. » Il n'y avait
plus rien à ménager, après cette apostro-
phe. — « Que pensez-vous de votre adversaire? dit-on à l'ex-conventionnel. —
Que madame a toujours le petit mot pour
rire. »

L'UN DES DEUX SE TROMPAIT.

M. P.....de la V...., député à la dernière session, est un excellent homme, qui, dans l'occasion, plaisante lui-même sur sa propre physionomie. Un journal libéral l'ayant un jour cité comme votant pour la fameuse proposition de M. Bart......, l'honorable membre s'en plaignit amicalement à l'un des employés de cette feuille, qui lui répondit, avec une ingénuité assez grossière : « C'est que le rédacteur aura été trompé par votre figure *féodale*. — Croyez-vous, reprit en riant, M. P.....? Il faut donc que j'aie la physionomie bien équivoque? Car l'autre jour, aux Tuileries, j'entendis une dame dire en me regardant : « *Cet homme a tout l'air d'un brigand de la Loire.* »

INSCRIPTION LACONISÉE.

M. de ......, l'un des coryphées du parti monarchique, le seul d'entre les m........ qui sache à peu près parler *ex abrupto*, a pour patron Hercule de robuste mémoire.

Un plaisant a dit de lui, que si jamais, voulant suivre les traces de celui dont il porte le nom, il arrivait sur l'emplacement où ce héros jadis érigea deux colonnes, au lieu d'y graver comme lui : *nec plus ultrà*, il se contenterait de signer *ultrà* tout court.

QUE RÉPONDRE A CELA?

M. D.... des I...., est remarquable par un maintien rempli de dignité; personne ne se rengorge avec plus de grâce, personne n'accable son adversaire d'un regard plus dédaigneux; ce qui ne l'empêche pas d'être en même temps l'homme de son siècle le plus obligeant et le plus communicatif, quand il n'a pas à se plaindre de vous. Il rédigeait un journal soumis à la censure de M. T....., sous le gouvernement impérial. M. T.... s'avise un jour de supprimer un article de M. D.... des I..... : celui-ci qui tenait à son petit chef-d'œuvre, va trouver le censeur malencontreux, et lui parle vertement. « Monsieur, lui dit l'homme de la censure, vous portez la tête bien haut. —

J'en ai le droit, Monsieur, riposte le rédacteur outré; je n'ai jamais porté que celle-là! »

Nous laissons au lecteur le soin de deviner pourquoi la conversation en resta là.

MÉPRISE ACADÉMIQUE.

Les députés d'une académie de *province* (comme disent les gens dont le mot département écorcherait la langue et les oreilles) eurent l'honneur d'être admis en 1816, en la présence d'une personne du rang le plus élevé. Après les complimens d'usage, on leur demanda si leur société comptait dans son sein beaucoup d'*hellénistes*. « Beaucoup ! s'écria le savant qui portait la parole : je vous prie, S..., de croire qu'elle n'en renferme plus aucun. Il s'en trouvait bien encore quelques-uns à la restauration, mais nous avons balayé tout cela, et c'est tout au plus si dans le département même, il se rencontre encore trois ou quatre partisans de l'homme de Sainte-Hélène. » L'auguste auditeur rit beaucoup de la méprise, et l'orateur se retira presque scandalisé, de voir qu'il ne paraissait pas partager son horreur pour les hellénistes (1).

Dans les beaux jours de 1793, un *citoyen* mécontent de la modération qu'il voyait régner dans le club où il s'agitait comme tant d'autres, monta rapidement à la tribune et s'écria, d'une voix de stentor. « Citoyens, j'ai z'une *émotion* à faire ; les aristocrates *panarisent* (paralysent) nos délibérations, il est temps de les *induire* (réduire) au silence. J'entends toujours sur les places et jusque dans cette *enceintre*, chanter : « Ah ça ira, ça ira ! il est donc clair que ça *n'va pas*. Je vote pour que ça aille, et d'un train solide. — Appuyé, répondit-on de toutes parts. —Appuyé? en ce cas, en avant marche, et qui m'aime me suive!!! »

L'assemblée suivit l'orateur en foule, et le pillage *s'organisa* dans toute la ville.

---

(1) Nous croyons inutile de rappeler à nos lecteurs qu'on entend par *helléniste*, un amateur de la langue grecque.

TUDIEU! QUEL APPÉTIT!

Monsieur R.... C......, l'un de nos plus *forts* doctrinaires (on aura peut-être quelque peine à le deviner, vu le *grand nombre* de ses collègues.) Monsieur R.... C...... parlait assez vigoureusement un jour contre les ministres, en sortant de la table de l'un d'eux. « Je vous soutiens, disait-il, qu'ils sont morts, très-morts, trois fois morts. — Et pourtant, Monsieur, lui fit observer un des convives, ces morts-là ne traitent pas mal, car vous avez mangé, *très*-mangé, *trois fois* mangé. — Sans doute, reprit l'insatiable doctrinaire; et vous me voyez, Monsieur, tout prêt à recommencer. »

LE CONGÉ.

Les chambres ouvertes au mois de novembre 181., sont restées fort long-temps dans une inconcevable inaction. Aussi, M. le président reçut-il un jour une lettre d'un député qui lui demandait la permission de retourner dans sa famille jusqu'à *l'ouverture définitive* de la session.

POURQUOI CERTAINES DAMES SONT ULTRA.

Epigramme.

« Le régime nouveau qui plaît aux jeunes femmes
  Déplaît pour l'ordinaire aux dames
Que l'âge, hélas ! condamne à la froide raison :
  Pourquoi cela ? disait hier Damon.
--Pourquoi ? repart quelqu'un: quand la vieille Monime,
Qui n'a point oublié les jours de son printemps,
  Couche seule depuis vingt ans,
Voulez-vous qu'elle soit pour le nouveau régime ?

CONCLUSION BIEN DIGNE DE L'EXORDE.

Un zélé partisan du gouvernement ré-publicain, en expliquait de son mieux tous les avantages à un néophyte non moins zélé que lui. « Dans le système que l'on suit à présent, lui disait-il, on est *censé* libre. On l'est effectivement en république; la preuve, c'est que l'on fait tout ce que l'on veut, quand même cela pourrait un peu contrarier

8

ce qui vous entoure. Tu m'entends. — On ne peut mieux. — C'est que vois-tu, la liberté est un astre qui luit pour ceux qui .... et dans l'hypothèse d'une opposition , il n'y a de véritables patriotes que les gens qui sacrifient à la chose publique.... Car quand on saute périodiquement du blanc au noir , et que , loin de se conformer à la volonté générale...., exprimée par un accord unanime, on s'expose.... et d'ailleurs il est prudent, lorsqu'on n'est pas le plus fort.... tu m'entends?... Ainsi, pour suivre ma comparaison, c'est une réunion de famille , dans laquelle... tu comprends, n'est-il pas vrai?...
— Oh parfaitement, *citoyen*. — Hé bien citoyen, je t'en félicite.... tu as plus d'esprit que moi; car le diable m'emporte si je conçois un mot de tout ce que je viens de te dire! »

LE MAIRE DE VILLAGE.

« DÉPARTEMENT DE LA M...... (1)

« MAIRIE DE L...

« ARRONDISSEMENT DE M...

« DESTRUCTION DES LOUPS.

CERTIFICAT POUR LA PRIME.

« *Nous soussigné maire de la commune*
« *de L..... certifions à tous qu'il appartien-*
« *dra, que le nommé* Michelle cultivateure
« et prefeseure à las destruxion des bêtes
« puantes et habitans de ce village *nous a*
« *déclaré* avoir tué une louves prais de la
« liziaire du boua dont ille avet rancontre
« les patte, ascisté de nautre adjouin qui a
« desuite reconu la baite asomé non pa
« d'un cou de fusi mets bien avec un brain
« de fagau venant à concetâter le cequece

---

(1) Tout ce qui est imprimé en majuscules et en ita-
liques, l'était en tête de ce certificat, véritable chef-
d'œuvre orthographique.

« de lanimale havont reconu que la di te
« louves etait un lou pour lequel raison nou
« navon pas exctrai les louvetot de son cor.
« ni acordé la prisme que poure le lou ceu-
« leman, toujoure aveque nautre adjouin au
« quelle nous zavont coupe laise aureil,
« pour aitre anaixé au presan sertifica et
« servirre à Monsieur le praifait pour las
« primme.

« é avont siné aveque la dejouin

« *Signé* Louis P.... merre,

« Nicolas P. adjouin. »

D'après les coq-à-l'âne attribués aux
fonctionnaires publics de la ci-devant république française, le lecteur croit peut-
être que ce certificat date de 1793 ou 1794.
Point du tout ; il est de 1816, après l'épu-
ration. La seule différence entre ces deux
époques, c'est qu'à la première les ci-devant laquais se faisaient maires eux-mêmes,
et qu'à celle-ci, les *seigneurs* rentrés dans
leurs châteaux, créaient maires de leur au-

torité privée ceux de leurs gens qu'ils voulaient, sans bourse délier, récompenser de
leurs bons et loyaux services.

ORIGINE DE LA FIERTÉ.

Epigramme sans conséquence.

D'un petit homme, aimable de bêtise,
Beau d'ignorance et de fatuité,
Vrai papillon pour la légèreté,
Sottise un jour fut tout à coup éprise,
   Et succombant se trouva prise :
Condamnée aux douleurs de la maternité,
Pour les menus plaisirs de la société,
   Après neuf mois, de crise en crise,
   Elle accoucha de La Fierté.

LE NOUVEAU PINSON.

Il faut avouer qu'il y a de par le monde
des gens bien insolens ! Un jeune homme
très comme il faut, se promenant à cheval
dans les environs de Paris, entendit retentir les joyeux *crin-crin* d'une danse villa-
geoise. Il lui prit fantaisie de se mettre de
la partie, et se détournant de sa route, il

pénétra tout à coup au milieu de la salle de danse, où il fit agréablement caracoler sa monture. Les bonnes gens effrayés de cette apparition, qu'ils croyaient involontaire, prirent l'animal par la bride et voulurent le remettre dans son chemin. « Non pas! laissez-donc, dit le gentilhomme, ne me dérangez pas, je veux vous faire voir combien mon cheval l'emporte pour la légèreté sur des rustres. Il est élève de Franconi, et danse beaucoup mieux que vous.—Oui dà, reprit un jeune gars, c'est une farce que veut faire monsieur le mirliflor! Oh bien! nous allons voir qui sera le plus farce de nous deux! » Il s'élance à ces mots sur le danseur équestre, l'arrache de la selle, et l'entraîne chez le maire, qui, non moins impertinent, met le cheval en fourrière et envoie le maître faire un tour dans la prison de la commune, située presqu'au sommet du clocher. Là notre jeune homme eut tout le temps de maudire l'impertinence de ces hommes de rien qui se croient les égaux des gens bien nés, et de regretter surtout le bon temps où ses ancê-

tres vexaient de misérables vassaux sans
crainte de représailles.

LE CONNAISSEUR.

On sait qu'au dernier salon les portraits
se multipliaient d'une manière effrayante.
Il n'y avait si mince employé de préfecture
qui n'eût le plaisir d'y voir figurer son image. Dans cette foule de caricatures éton-
nées de se trouver ensemble, était celle
d'un maître des requêtes, qui se fait distin-
guer par l'ampleur de son nez. Un particulier se trouvait par hasard en face de cette
grotesque peinture, quand un autre l'abor-
da, et lui dit d'un air satisfait : « Que pensez-vous de cette tête ? Ne voyez-vous pas
dans les yeux le feu du génie, sur ce front
noble, la profondeur des pensées, et dans
tous les traits, les signes d'un talent non
équivoque et d'une grande exactitude au
travail. — Tout cela, dit le connaisseur,
après avoir bien regardé son homme, peut
se rencontrer dans cette copie; mais le pein-

tre a flatté son modèle, et *je ne vois* rien de semblable dans l'original. »

Il faut cependant convenir pour la gloire de l'artiste que ce juge si sévère, avait, du premier coup d'œil, reconnu dans l'autre interlocuteur, le maître des requêtes, original du portrait, qui dorénavant se gardera bien de consulter au salon ceux qui s'arrêteront devant son effigie.

PETITE RUSE INDIRECTE.

Nous avons été, grâce au ciel, délivrés en 1814 des droits réunis; il ne nous en reste plus que les contributions indirectes, qui en diffèrent beaucoup, du moins par le titre. Un des employés de cette administration, soupçonnant un cabaretier de village d'avoir du vin non déclaré, feignit de se trouver mal à sa porte; celui-ci, touché de l'état de cet homme, qu'il ne connaissait pas, courut lui chercher une bouteille de Bordeaux, et lui en voulut faire prendre un verre. Mais l'employé revenant aussitôt à lui, dressa vite un procès verbal, dont les conséquences apprirent à l'aubergiste à se défier désormais de sa sensibilité.

LA GLOIRE DÉFINIE PAR UN CONQUÉRANT.

La conversation roulait dernièrement dans un cercle, sur un sujet que chacun traite à sa manière. Il s'agissait de la gloire. Un personnage éminent prit la parole : Messieurs, dit-il, avant que S. M. nous fût rendue, il fallait bien être quelque chose, je me suis donc trouvé, dans plus d'une occasion, très-près d'un homme, qui, plus que tout autre, visait à la gloire, et qui cependant n'y croyait guère, je vous en donne ma parole. Je l'ai mainte fois entendu dire : « Vous regardez le courage d'un guerrier comme la chose du monde la plus honorable. Erreur ! C'est une fièvre, un délire, ou le simple résultat d'un calcul. J'ai plus d'une fois exposé ma personne, et je vous proteste que ce n'était pas pour la gloire proprement dite. Savez-vous qui je regarde comme un héros ? C'est celui qui, poursuivi par les fureurs populaires, leur oppose un front calme et serein. Je ne parle pas ici pour moi, car je sens que dans une émeute dont je serais l'objet, je perdrais peut-être la tête. Mais parmi les hommes dont l'histoire nous retrace les belles actions, je n'en mets aucun au-dessus du cardinal de Retz, et du président *Molé*. » A ce nom, l'orateur s'arrêta, baissa les yeux, et fit l'impossible pour rougir. Personne ne lui demanda la suite d'un récit qui semblait lui devenir pénible.

NOS AMIS SONT TOUJOURS NOS AMIS.

Celui de nos soi-disant poëtes, qui, de son autorité privée, se déclare *primus inter pares*, n'eut pas plus tôt fini sa seconde traduction de la J....... D......, que voulant en préjuger le succès, il réunit chez lui quatre ou cinq hommes de lettres, ses amis intimes, afin de connaître leur avis sur son ouvrage. Il remit à chacun d'eux un exemplaire du poëme original, afin qu'ils pussent le suivre pas à pas dans sa lecture, et voir combien il s'était strictement asservi à

rendre l'idée primitive de l'ancien poëte.
A chaque phrase il s'arrêtait, attendant des
observations que personne ne s'avisa de lui
faire, et persuadé par-là que sa traduction
était parfaite, il leur déclara, en les con-
gédiant, qu'il allait livrer son poëme à l'impression. « Est-ce que vous entendez l'ita-
talien, dit un de ces messieurs à un autre en
descendant l'escalier. — Ma foi non, et
vous. — Ni moi. — Ni moi, ni moi, ni moi,
dirent les trois autres. » Et voilà comme des
amis se jugent entre eux!

L'ABUS DES MOTS.

Un jeune homme qui eut le malheur de
naître sous l'usurpateur, lisait par complaisance, en 1819, un numéro de la *Quoti-*
dienne dans une société d'*honnêtes gens* où
son père l'avait introduit : quand il en vint
à un article dans lequel on annonçait à l'u-
nivers que le père Aloys-Fiorris venait
d'être nommé *général* des jésuites, le lecteur eut la maladresse de demander ce que
c'était que cette *armée*-là. « Voilà bien, s'é-

cria une dévote , les fruits de l'affreuse éducation que l'on donne à présent à la jeunesse ! Cet enfant ne sait seulement pas *sa religion ! ! !* »

AMÉNITÉ D'UN GRAND PREVOT.

Un président de cour prevotale mécontent de la fermeté que déployait dans ses réponses·un malheureux amené devant son tribunal, lui dit du ton le plus impérieux : « Accusé , sachez que j'ai le droit de vous interroger, et que vous n'avez pas celui de me répondre. » Cette sortie, plus que naïve, équivaut presque au barbare : *Tu n'as pas la parole !* du tribunal révolutionnaire de 1793.

PETITE GALANTERIE CENSORIALE.

Un jour que l'on donnait à Feydeau le *Tableau parlant,* (c'était pendant les trois mois que M. Désaugiers a si spirituellement nommé lé règne d'un terme, ou le terme d'un règne,) Napoléon eut la fantaisie d'aller voir à Feydeau le *Tableau par-*

lant. Aussitôt que la volonté du maître fut connue, cela fit un grand remue-ménage à la police ; le censeur, armé de ses énormes ciseaux, courut au théâtre examiner *la copie* du souffleur, et faire les retranchemens qu'il jugea nécessaires pour ménager l'amour-propre du *héros.*

« C'est singulier ! dit Bonaparte après le spectacle ; quelque chose manquait à la pièce. Je ne dirai pas précisément quelle ariette on avait supprimée... mais ! si c'était l'air :

Vous étiez ce que vous n'êtes plus.

« Ah ! je vois pourquoi le censeur a indiqué cette suppression. L'imbécile ! il a craint que je ne me fisse l'application de ces vers :

Et vous aviez pour faire des conquêtes,
Et vous aviez ce que vous n'avez plus.

« Il n'a pas vu, le pauvre homme, qu'en les rayant, il m'exposait à passer moi-même pour le premier auteur de sa sottise ! »

Cet habile censeur était probablement

le même, qui, dans *le déserteur*, changeait
en 1793 les mots : *le roi passait*, par LA LOI
passait. Si par hasard c'en était un autre,
le dernier trait justifierait, jusqu'à un certain point, le proverbe qui dit que *les beaux
esprits se rencontrent.*

LE PARVENU.

Une jeune personne *bien intéressante,*
se promenant un jour sous les galeries du
palais-royal, disait à l'une de ses *compa-
gnes :* « Félicite-moi, ma chère, mon *homme*
est monté en grade, il n'était que voleur,
le voilà mouchard à compter d'aujour-
d'hui. »

LE DERNIER MOT D'UN GASCON.

Seul content de son ministère, M. L....
résistait à toutes les insinuations qu'on lui
faisait pour l'engager à se dessaisir du cher
portefeuille. Enfin l'on en vint à lui propo-
ser un échange. « — Non, dit-il fièrement ;
ministre de l'........., ou avocat à B.......
— Avocat, soit ! répondit l'autorité. »

LE SERMENT D'UN PREUX.

Un vieux chevalier de saint Louis, comparaissant comme témoin dans un procès important, se présenta au tribunal l'épée au côté, et vêtu d'un habit à basques relevées en guise d'uniforme. Quand on lui demanda le serment d'usage, il se ressouvint que la noblesse doit toûjours jurer sur son épée, et voulut tirer la sienne du fourreau. Mais par malheur elle avait dormi dans son manoir pacifique depuis la guerre de la Vendée, et ne voulut point céder à ses efforts. Quel parti prendre ? le noble témoin s'indigne ; il frémit de voir son épée trahir la longue quiétude de celui qui la porte ; il est obligé d'appeler à son secours ; on s'empresse : plusieurs bras vigoureux saisissent la rapière rebelle ; enfin le glaive se montre, et le chevalier français prête son serment selon les us et coutumes des temps féodaux.

PETITS MOYENS DE PROSPÉRITÉ.

Épigramme.

Monsieur R...... ne trouvant plus moyen
  De gagner le pain quotidien
Dont a besoin toute *bouche* chrétienne ,
Depuis quatre ans brochait, pour notre bien,
  Son innocente Q.........
  Mais notre homme n'y gagnait rien :
  Or, un beau jour, accablé de tristesse,
  Il aperçut ce fortuné journal,
  Qui du *commerce*, organe libéral,
  Se propage et gagne sans cesse.
« Hélas ! dit-il, que je suis malheureux !
A deux journaux deux partis se rattachent :
  Dans un seul mes talens se cachent ,
  Et j'aurais pu les faire tous les deux !!! »

ASSAUT DE CALEMBOURS.

Abjurez, croyez-moi, ces querelles sinistres.
Tant de fiel entre-t-il dans l'âme des M........

S'il faut en croire un journal libéral,
deux hommes en place auraient eu naguère
entre eux une discussion assez vive qui se serait terminée d'une manière digne des tré-

taux de Brunet et de Tiercelin. Les deux adversaires étaient soi-disant les M........ des F....... et de la M..... Le dernier aurait cassé tout à fait les vitres en disant à l'autre : « D'ailleurs, monsieur votre M........ n'est pas *le Pérou!* — Et le vôtre, aurait répliqué son antagoniste, croyez-vous que ce soit *la mer à boire!!* »

AVEU NAÏF.

Un de nos libéraux les mieux prononcés parlait des affaires publiques avec si peu de ménagement, qu'une personne de la compagnie crut devoir l'interrompre. « Vous voulez donc, lui dit-elle, recommencer la révolution. — Et pourquoi pas, répondit-il. »

SI NON È VERO, È BENÈ TROVATO.

Une dame ne trouvait qu'une toute petite différence entre l'ancien et le nouveau régime. Autrefois, disait-elle, on achetait les places, aujourd'hui ce sont les hommes que l'on achète.

LE BON PÈRE.

M. C......... dont les six enfans exercent tous des fonctions publiques, montait dernièrement à la tribune, pour parler en faveur d'une proposition ministérielle. « Mais, mon cher, qu'allez-vous faire ? lui dit un de ses amis, membre de l'opposition ; vos six enfans sont placés. —D'accord, reprend l'orateur, mais ma femme est enceinte. »

LA LECTURE.

L'auteur des Templiers, lisait dans une assemblée la tragédie de Charles Ier, qu'il garde en portefeuille, depuis nombre d'années. (L'anecdote n'est pas très-nouvelle non plus, puisque la scène se passe en France, et que l'un des principaux personnages en est exilé depuis long-temps aussi). Le fameux F..... alors dans sa toute-puissance, assistait à cette lecture : différentes allusions attirèrent sur lui tous les regards : mais il demeura impassible. Enfin, quand l'auteur en fut au passage où l'un des mi-

nistres du roi d'Angleterre, plaidant la cause
de l'infortune , fait entendre ces terribles
paroles :

Le jugement d'un roi n'est qu'un assassinat.

la présence du grand dignitaire put seule
arrêter les nombreux applaudissemens qui
allaient éclater de toutes parts , et l'on re-
marqua une sorte d'embarras dans sa côn-
tenance.

La lecture finie , la société se sépara ;
l'auteur et F..... restèrent seuls dans le salon. « Voulez-vous , dit ce dernier , connaître mon avis sur votre tragédie ? La conduite en est sage , les caractères me parais-
sent bien tracés , le style assez énergique.
Quant à votre vers.... ma foi ! votre vers ,
je m'en f... »

LE VÉRITABLE HOMME DE COUR.

L'étiquette n'a pas eu de partisan plus
zélé que M. de V..... (Dieu veuille avoir
son âme)! Il ne connaissait rien au delà de
1789 , et la révolution qui a tourné tant de

têtes, avait glissé sur la sienne , comme la goutte d'eau sur le taffetas gommé. Il savait à point l'habit qu'il fallait prendre pour se présenter à la cour , dans telle ou telle circonstance. Par exemple , il citait avec une extrême complaisance la bévue de ce gentilhomme , qui était venu à la chasse du roi, sous le costume convenu pour chasser le lièvre , tandis que ce jour-là il s'agissait du renard. « Il me rencontra heureusement pour lui , disait-il , avant de rejoindre la cour ; je lui fis sentir l'incongruité de sa mise, et il eut encore le temps d'aller quitter ses vêtemens et de prendre *ceux de la béte.* »

LE FUTUR BEAU-PÈRE.

Dans un moment où les destitutions allaient rondement leur train , un magistrat suprême (M. le P........ S......) , vint faire part à celui qui les signait, du mariage prochain de sa fille. « C'est sans doute un parti sortable ? — Pour la fortune et les sentimens. — Je vous en félicite. Votre gendre a-t-il une place ? — Votre excellence vou-

drait-elle par hasard le destituer? » A ces
mots, le magistrat fit une profonde révé-
rence, et se retira.

LA MÉTAMORPHOSE.

Lorsque la *Minerve française* remplaça
le *Mercure* supprimé par la police, on fit
courir l'épigramme suivante.

> Qui n'a pas vu sur son chemin
> Une insolente créature,
> Ayant plume et poignard en main,
> Et dont T. . . . . et B. . . . . . .
> Traînent la pesante voiture.
> Minerve est le titre hautain
> Qu'elle a gravé sur son armure;
> Mais ce n'est plus ce front serein,
> Cet air noble, ce chaste sein,
> Et cette haleine douce et pure;
> Minerve est changée en C. . . . n,
> Qui de vingt pas sent le mercure.

LE MINISTÈRE PRIS PAR TOUS LES BOUTS.

Un mauvais plaisant disait en 1819 : « Le
ministère perd *la tête : il défend si mal *sa
queue* qu'il compromet *son ventre*. »

L'EMPRUNTEUR ET SON AMI.

Un jour au Palais-Royal le chevalier de C... avait gagné 1500 louis qu'il tenait dans son chapeau. Quelqu'un s'approche et lui dit : « Mon cher *ami*, de grâce, prêtez-moi 100 louis.—Je le veux bien, mon cher ami, reprend le chevalier, pourvu que vous me disiez comment je m'appelle. » L'autre demeurant sans réponse : « Vous voyez-bien, *mon cher ami*, que vous seriez trop embarrassé pour trouver le moyen de me rendre les 100 louis, si je vous les prêtais. »

LE GOUVERNEUR IMPROMPTU.

Depuis long-temps le désir de commander quelque part tourmentait le chevalier N.....; comme l'on ne s'était pas pressé de satisfaire sa noble ambition, et qu'il savait mieux que personne ce qu'il valait et ce qu'il voulait; immédiatement après les cent jours, il s'investit, de son autorité privée, du titre de gouverneur et commandant de place dans une petite ville du département de l'A......, qui dans les temps les plus orageux n'a jamais eu plus de quinze hommes de garnison. Ce qu'il y a de vraiment admirable, c'est qu'il se maintint pendant six mois, et malgré tout le monde, au poste qu'il s'était confié lui-même. Il l'avait occupé à sa grande satisfaction; il s'en démit, ou plutôt on l'en démit à la grande satisfaction des autres.

EXCUSE NAÏVE.

Un employé, qui d'ailleurs jouit de trente cinq mille livres de rente, se justifiait ainsi d'avoir signé le fameux acte additionnel. « Que voulez-vous ? nous avons calculé, ma femme et moi, que les trois mille francs que rapporte ma place nous étaient indispensables. »

LE PAPA CONFONDU.

. . . . aux âmes bien nées
La *vigueur* n'attend pas le nombre des années.

Le fils, à peine âgé de dix ans, de

M. T......, personnage *très-marquant* dans les fastes révolutionnaires, *voulait* aller promener. Sa bonne, occupée ailleurs, remit la sortie au lendemain, et le petit bonhomme, irrité de son refus, imagina, pour s'en venger, de casser toute la vaisselle qui se trouvait à sa portée dans la cuisine. Son père, sa mère, tous les domestiques accourent au bruit. « Que faites-vous là, petit drôle ? s'écrie M. T......, outré de colère. — Ce n'est rien, papa. Vous disiez hier, *à ces Messieurs*, que l'insurrection était le plus saint des devoirs : ma bonne ne veut pas me conduire aux Tuileries, et *je me mets en insurrection.* »

LE VILLAGEOIS MÉCONTENT.

Hélas ! disait Gros-Jean, ma case ne vaut rien,
Ma serre rien ne garde et mon sol ne va bien !!!
—Pourquoi te lamenter, lui répondit Gros-Pierre ;
Il faut changer de case et de sol et de serre.

PASSE-TEMPS D'UN HOMME COMME IL FAUT.

L'habitant le plus remarquable de la petite ville de..... est M........, émigré pendant

quelques jours , *pour affaires de commerce*,
il a été tout surpris, en 1815, de se réveil-
ler chevalier de Saint-Louis. Dès lors, sa
maison de campagne est devenue un château, dont le concierge, qualifié dorénavant
vant de sénéchal, a reçu l'ordre d'enrégi-
menter quelques galopins, travestis en pages, et de faire arborer un drapeau à la lu-
carne la plus élevée de la bicoque, au moment où *sa chevalerie* arrive.

A QUOI TIENNENT LES EMPLOIS.

Lors des élections de 181., le général
L........ paraissait devoir obtenir la majorité des voix, dans le département de la
S....., ce qui ne laissait pas d'inquiéter le
parti contraire. Les estaffettes se succédè-
rent avec la plus grande rapidité, et portèrent des ordres très-sévères contre les sa-
lariés qui s'aviseraient de donner leur voix
au candidat. Un employé passait pour lui
être favorable; il fut appelé par un des premiers fonctionnaires, qui lui en fit de vifs reproches. « Monsieur, lui dit-il, si le géné-

ral est nommé, vous perdrez votre place.
— Hé bien! Monsieur, répondit l'électeur
avec un grand sang-froid, nous serons deux ;
car, très-probablement, vous perdrez aussi
la vôtre. »

N. B. La prédiction du fonctionnaire s'est accomplie ; celle du ci-devant salarié s'accomplira peut-être
à son tour ; mais quand ?

AVIS.

Le *Caméléon politique*,
Journal *semi*-périodique,
Semi-français, *semi*-moral,
Ce matin *semi*-despotique
Et ce soir *semi*-libéral,
Nous demande un *semi*-grand homme,
Qui sera *semi*-rédacteur,
Pour peu qu'à Paris, Londres, ou Rome,
Se trouve un *semi*-souscripteur.

LE DANGER D'EMPLOYER UN LANGAGE INCONNU.

Le sieur O......, prêtre français, réfugié en
Hollande, au commencement de la révolution, y reçut l'accueil le plus favorable d'une

dame du pays, qui lui prodigua les soins
d'une hospitalité généreuse. Plein de reconnaissance, il pria un médecin, qui lui ser-
vait d'interprète , de lui composer, en hollandais , une espèce de compliment qu'il
voulait débiter lui-même à sa bienfaitrice.
Celui-ci, espiègle comme s'il eût fait ses études à l'école de médecine de Paris , lui fit
apprendre un petit discours farci d'imperti-
nences, dans lequel le bon curé, au lieu de
remercier de ce qu'il avait obtenu, sollici-
tait toute autre chose.

Le bon homme , ne se doutant de rien ,
déclama cette burlesque harangue en présence du mari , qui l'interrompit au milieu de sa période , et voulut l'assommer.
Heureusement, l'orateur, au bout de son
rollet , en revint à sa langue maternelle ,
et le Hollandais, qui l'entendait un peu ,
reconnut le tour qu'on avait joué à ce pauvre diable , et lui pardonna , comme de
raison.

L'APPARITION.

Jusqu'au moment où Bonaparte se fit consul, par la grâce de son épée, on célébra publiquement en France, l'anniversaire de la mort de l'infortuné Louis XVI. Il eut le bon esprit de supprimer cette fête sacrilége, ce qui n'empêcha pas quelques-uns de ceux qu'il avait élevés aux premières dignités de son empire naissant, de donner des bals le 21 janvier de chaque année.

Un soir que ce scandale avait lieu à l'hôtel de C........., l'un des dignitaires qui avaient le plus marqué dans la révolution, un personnage masqué s'approché du maître de la maison, et, du doigt, lui fait signe de le suivre. Entraîné par l'air imposant de l'inconnu, et peut-être par un sentiment involontaire qu'il ne peut définir, C......... marche sur ses pas. Tous deux arrivent dans une pièce déserte et un peu éloignée. « N'as-tu pas de honte, dit l'étranger, de choisir un jour semblable pour donner chez toi des réjouissances ? toi, l'un des meurtriers de ton roi,

tu fais danser, pour ainsi dire, ses bourreaux
sur sa tombe! Ah! plutôt, dans les priéres
et dans les larmes, tâche d'apaiser le ciel,
dont ta conduite journalière ne peut qu'exciter davantage le courroux!—Je voudrais bien
savoir, dit C........., quel est l'audacieux qui
me parle ainsi? — Tremble, malheureux,
que je ne me fasse connaître! — Tu ne sor-
tiras pas, cependant, que je n'aye vu ton
visage. — Tu le veux? regarde-moi donc,
si tu l'oses! »

A ces mots, le masque de l'inconnu
tombe, et l'homme puissant voit avec effroi
les traits d'un personnage trop bien connu,
que couvrent les ombres de la mort. Il veut
fuir: un pouvoir inconnu l'arrête; il couvre son visage de ses deux mains, tout son
corps est agité de mouvemens convulsifs,
des sanglots s'échappent de sa poitrine avec
tant de force, que les danseurs et les dan-
seuses rompent une walse animée, pour
accourir de toutes parts. « Qu'avez-vous?
lui dit-on. — Hélas! je l'ai vu! est-il encore là? il était à cette place! — Qui donc

avez-vous vu? — L'ombre menaçante de Louis XVI!!! »

Cet aveu inattendu répandit aussitôt la consternation parmi cette troupe de gens si gais, si folâtres, l'instant d'auparavant. Tout le monde gagna insensiblement la porte, et le bal en resta là, pour cette année et les suivantes.

Maintenant, afin que nos lecteurs ne nous accusent point de les bercer de contes fantasmagoriques, nous allons leur dire comment l'auteur, à qui nous empruntons cette anecdote, en explique le mystère. Il prétend qu'un personnage, tout-puissant à cette époque, était lui-même le héros de cette scène pathétique ; qu'un masque de cire, parfaitement ressemblant au juste mis à mort, avait été préparé par ses ordres, et qu'il avait trouvé plaisant de s'en servir pour jeter l'effroi dans l'âme du régicide. Nous ne croyons pas devoir prendre sur nous de garantir la réalité de cette singulière explication, plus que celle du fait lui-même.

LE CHANGEMENT DE COULEUR.

Un misérable qui fut terroriste, en 1793, et qui, dénonciateur, en 1815, porta, l'un des premiers, la décoration du lys, se vantait dernièrement d'avoir enfin obtenu, pour prix de ses bons et loyaux services, la croix d'honneur, dont le signe respectable, orgueilleusement fixé à sa boutonnière, y remplaçait celui qui la parait trois ou quatre ans plus tôt. « Il en a menti, *par sa gorge*, dit un ancien militaire, que le hasard avait rendu témoin des forfanteries de ce vil personnage. Je vois bien sur son habit une *faveur* de couleur tranchante ; mais c'est tout bonnement le ruban blanc qui aura rougi de se voir porter par un tel homme. »

MÉDECIN, GUÉRIS-TOI TOI-MÊME.

Lorsque l'usurpateur s'avançait sur Paris, au mois de mars 1815, tous les honnêtes gens, effrayés de la rapidité de sa course, proposaient des moyens divers pour l'arrêter. « Il n'y a , disait un homme comme il faut, qu'à mettre en réquisition la garde nationale , et m'en donner le commande-ment, je saurai bien la faire marcher , je vous en réponds. — Croyez-vous avoir ce talent? lui dit un homme sage , qui, d'un coup d'œil , ne voyait que trop l'embarras de notre position? Commencez donc par marcher vous-même , vous qui ne pouvez faire un pas sans l'assistance d'un bras et d'une canne. »

CECI DEMANDE RÉFLEXION.

Lors de la discussion , relative à la vente des bois de l'Etat, l'éloquent M. P... s'op-posa de toutes ses forces à cette proposi-tion , dans un discours dont voici , à peu de chose près, la substance : « Respectons les forêts pour les services qu'elles ont rendus. N'ont-elles pas donné asile aux chouans, aux Vendéens , à tous ceux qui pillaient les diligences par amour pour l'ordre ? Si nous n'avons plus de forêts , où la bra-voure trouvera-t-elle désormais un asile ? »

JUSQU'OU PEUT ALLER L'ENTHOUSIASME DU BEAU SEXE POUR UN FAMEUX GÉNÉRAL.

L'Europe libérale retentit des noms des généraux espagnols Quiroga et Riégo (qui, par parenthèse, éprouve, en ce moment, une sorte de disgrâce), de celui du général napolitain Pépé, et peut-être de bien d'autres, dont nous ne soupçonnions pas même l'existence au moment où cette feuille passait sous la presse. C'est ainsi qu'elle retentissait, il y a trente ans, de celui du général français L. F......, et quelques années plus tard, de celui du général B., auquel on pense à peine aujourd'hui, quoique certaines gens cherchent à réchauffer son noble souvenir. Mais ces patriotes *étrangers* inspireront-ils jamais aux dames de leur pays un enthousiasme semblable à celui qu'a fait naître le vétéran de la liberté ? La chose est impossible, si l'on en juge par la lettre suivante, qu'une heureuse fatalité vient de nous faire retrouver dans les papiers du temps :

« *A MM. les Rédacteurs du Journal Général.*

« Paris, le 10 octobre 1789.

« Je vous prie, Messieurs, de vouloir bien avertir les maris de ce qui se passe dans leurs maisons. Nos femmes aiment éperdument notre commandant général, M. de L. F.; et, en vérité, si après *nous avoir rendu* la liberté, il s'avisait de vouloir conquérir celle de nos femmes, je vous jure qu'il aurait beau jeu. » Voici un fait que je n'ose pas tout-à-fait dénoncer au *comité des recherches* (1), mais qui cependant est as-

---

(1) On avait institué, au commencement de la révolution, un comité chargé de l'examen de tous les faits contraires aux idées du jour. Les Français qui riaient encore dans ce temps-là, lui avaient donné pour emblème, dans une caricature assez plaisante, un certain nombre de chiffonniers remuant avec leurs crochets un énorme tas d'ordures. Cela discrédita le *comité des recherches*, qui bientôt fut remplacé par un *comité de sûreté générale ;* et comme celui-ci n'était pas du tout plaisant, on ne se permit plus de rire en France.

sez grave pour mettre martel en tête à presque tous les maris de la capitale.

« Une jeune et jolie patriote *du Marais*, non contente de suivre M. de L. F. à toutes les revues , vient de fixer son portrait en pied dans le fond d'une alcôve délicieuse. Il est vrai que le ruban *tricolore*, dont ce portrait est orné , donne le change aux curieux malévoles ; mais , dites-moi , Messieurs , si la belle dame pourra rêver toujours le pur patriotisme? Si le *héros de la patrie* ne lui donnera pas souvent de ces distractions qui alarment les maris délicats? Quant à moi , je vous avoue que je ne suis point tranquille. J'aime beaucoup mon général , mais je voudrais que nos femmes l'aimassent un peu moins. Que direz-vous de l'invention du portrait? Je vous prie de la dénoncer à tous mes *confrères* , comme pouvant devenir très-dangereuse. L'extase du patriotisme peut en amener une autre... Je *révère* M. de L. F.; je l'admire et l'aime de toute mon âme ; mais je vous confesse que je ne saurais m'honorer de son voisinage.

C'est là, surtout, que je déteste l'aristocra-
tie, ou le pouvoir des grands.

« Je suis, Messieurs, dans les alarmes
d'un mari bourgeois, votre, etc.

« *Signé*, KORNMANN. »

LE RÉDACTEUR RESPONSABLE.

La ridicule défense du sieur Bid...., rédacteur responsable du C............, en 1820,
fit éclore la plaisanterie suivante, que publia un journal du parti contraire.

« On désire se procurer de suite un rédacteur responsable pour un journal *très-
libéral*, qui ne peut néanmoins donner que
six cents francs à celui qui remplira cet
emploi. On ne tient pas à ce que le rédacteur responsable sache écrire, ni même
lire. Il sera chargé du soin de balayer le
bureau, de nettoyer les flambeaux, et autres
menus détails *de rédaction*. Il est essentiel
qu'il soit acclimaté au séjour des prisons. »

PETITES MANIES SEIGNEURIALES.

Depuis que M. le duc de...... est revenu dans *ses terres*, son existence se compose d'un mélange très-comique de vieille féodalité, et d'affabilité presque bourgeoise. Il a son grand couvert et sa grand'messe, comme le roi. A genoux, sur un prie-dieu, au milieu de l'église, il baisse la tête devant son créateur; mais en revanche, on lit sous ses talons, en gros caractères : *Monseigneur le M.... duc de....*

Au sortir de la messe, il se laisse approcher familièrement par tous ses *ci-devant* vassaux; il satisfait leur curiosité sur tous les rubans dont il est chamarré. Il dit à l'un : « Regardez, mon ami, tout à votre aise : *moi* et le roi d'Espagne, nous portons seuls cet ordre-là. » A un autre : « Vous êtes plus heureux que moi, mon enfant, vous n'êtes pas obligé de vous embarrasser de toutes ces babioles ! »

Il monte dans son carrosse, pour se rendre au château, qui n'est qu'à une portée de fusil du saint lieu, et la tête hors de la portière, il crie à son cocher : « Surtout qu'on n'écrase personne ! » Les huit panneaux de sa voiture sont ornés des *insignes* de son rang. Les bâtons doublés, les manteaux, les couronnes sont partout, aux bannières de la paroisse, aux devans d'autels, aux chasubles, au clocher, et jusqu'au goupillon du bénitier. Enfin, dans ses pratiques d'une très-haute dévotion, il ne reçoit le bon dieu que dans une hostie à ses armes.

M. de.... rachète ces petites manies par les bienfaits qu'il répand à pleines mains dans les chaumières qui avoisinent la maison *seigneuriale.*

L'ATTRAIT DE LA PROMENADE.

Le prince de T. fit demander un jour un chef de division qui ne se trouva pas dans les bureaux. « Comment! il se permet de s'absenter quand j'use ma vie dans le travail? Sans doute il s'occupe de ses plaisirs. Qu'on fasse venir un tel ! » (un chef de bureau.) Le chef arrive assez mal à son aise, car la colère de monseigneur était visible. Le prince veut savoir où est celui qu'il a demandé. « Monseigneur, il est... —Il est,... il est...., où? voyons! parlez, Monsieur! — Il a cru pouvoir, Monseigneur, une fois par hasard, monter à cheval et s'aller promener dans la campagne. — Se promener à cheval! il fait donc bien beau temps aujourd'hui? mais effectivement, un temps magnifique! Allons! j'en profiterai : qu'on fasse mettre les chevaux! »

LE PAUVRE HOMME.

Un des amis de M. P...... le rencontre sur la place du Corps-Législatif. « Qu'avez-vous, mon cher? votre front soucieux annonce tout au moins une forte contrariété. J'espère que toute la petite famille est bien portante? — On ne peut mieux. — Quelqu'un de messieurs vos fils, vos neveux, vos cousins, aurait-il perdu sa place? — Au contraire, je viens d'en faire avoir une au jeune frère de ma femme. — Enchanté! c'est donc quelque changement imprévu dans le ministère? — Aucun. D'ailleurs, je ne tiens pas précisément *à l'homme.* — Qu'est-ce donc ? car décidément vous avez quelque chose. — Ah!... cela vient bien en effet du ministère. Voulez-vous que je vous dise, entre nous, son grand défaut? C'est... c'est le manque d'unité. Les ministres sont en assez grand nombre pour prendre chacun leur jour dans la semaine; hé bien! pas du tout : je reçois aujourd'hui quatre invitations à dîner chez quatre de ces Messieurs! comment voulez-vous que je vive avec ces gens là? »

LA PROPRETÉ N'EST PAS DÉFENDUE.

Un particulier, renommé par son libéralisme autant que par la malpropreté de sa tenue, vint un jour chez R......, qu'il trouva encore couché. Il y faisait une chaleur étouffante. Le visiteur, qui aimait ses aises, dit à R...... : « Voulez-vous permettre que je jette ma redingotte sur votre lit. — Je ne demande pas mieux, mon cher; mais dites-moi, je vous prie, où diable je jeté-

rai mon lit, quand il aura reçu votre redingotte? »

TROP PARLER CUIT.

Un des anciens évêques d'A..... parlant
avec un intérêt *extrême* d'une personne qui
venait de se remarier, disait : « C'est une
excellente femme ; elle n'a qu'un tort : c'est
de se marier trop souvent. » Le propos revint à la dame qu'il concernait. « Je me
suis mariée deux fois, dit-elle ; c'est beaucoup, en effet ; mais monseigneur s'est ma-
rié une seule, et c'est trop. »

L'ORATEUR MALADROIT.

Je ne sais quel personnage important,
un représentant en mission, un préfet, un
général , un prince (peut - être mieux,
peut - être pis), traversait Montargis. Il
n'est si mince bicoque qui n'ait son orateur
en titre , et si mince orateur qui ne veuille
briller en présence des gros bonnets du
siècle. Celui de Montargis, qui était en
même temps maire de l'endroit, se fit présenter au voyageur , et laissant derrière lui

le reste de la députation , débita , d'un ton emphatique , un discours assez ennuyeux. Pendant toute sa harangue , il tenait la main gauche appuyée sur son sein , comme pour empêcher de tomber quelque chose qu'il y aurait caché d'avance. Arrivé à la péroraison , il s'écrie plus fortement encore : « Et pour vous prouver les sentimens que vous nous inspirez.... » Il s'arrête ici brusquement ; sa main droite s'enfonce dans son gilet , et avant qu'il en ait retiré l'objet qu'il y cherche , le voyageur , croyant que ce doit être tout au moins un poignard , s'élance de son siége à l'autre extrémité de la chambre , en s'écriant : « Malheureux ! voulez-vous m'assassiner ? » Mais l'orateur , achevant son geste et sa pensée , tire de son sein une peinture. « Voilà votre portrait , dit-il , que je porte continuellement sur mon cœur. »

On assure que l'original du portrait , à peine rassuré par cette explication , n'en voulut pas entendre davantage et congédia sur-le-champ la députation.

EXTRAIT D'UNE SÉANCE ACADÉMIQUE.

Lorsqu'en 1815 l'académie *s'épura* en rayant du tableau une douzaine de noms qui sonnaient mal à certaines oreilles, il se trouva dans l'auguste assemblée, occupée de se mettre au complet, un homme d'esprit (où l'esprit ne va-t-il pas se fourrer?) qui prononça d'abondance un petit discours dont voici la substance : « Jusqu'ici, Messieurs, l'académie avait toujours remplacé les morts par des vivans ; aujourd'hui ce sont des vivans dont il faut remplir la place; je vous propose de choisir parmi ces illustres morts qui n'obtinrent jamais l'honneur de siéger dans cette enceinte. Je nomme, pour ma part, Molière et Rousseau. — Rousseau, Molière ! s'écrie M. S...., le perpétuel secrétaire, y pensez-vous ? et les visites d'usage ! »

Pour accorder ces Messieurs, on nomma M. A...., qui parut, plus que tout autre, propre à réunir les conditions imposées par le premier opinant.

DEVINE SI TU PEUX!

Lorque M. P..... devint ministre de la marine, des plaisans firent courir le bruit que les bureaux du ministère allaient *être* dorénavant *au Port-à-l'Anglais.*

LA TACHE DE CIRAGE.

M...., qui tonne si fortement aujourd'hui contre la suspension de toutes nos libertés, se présenta un jour chez une dame de beaucoup d'esprit qui donnait un grand dîner. Il avait au coin de la bouche une tache noire dont il ne se doutait pas. «Eh! mon cher, lui dit la maîtresse du logis, comme vous voilà barbouillé! d'où sortez-vous donc? Ah! je vois, ajouta-t-elle, en se tournant vers le reste de la compagnie : on venait de cirer les bottes de l'empereur! » La raillerie était d'autant plus forte que dans ce temps-là, M.... était connu pour prodiguer à son maître tous les hommages de la plus basse servilité.

CALEMBOUR.

Lorsque M. le comte C......o fut nommé
aux finances , les plaisans dirent qu'on ne
pouvait faire un choix plus avantageux pour
la France , puisque le nouveau ministre
sortait de l'*Etat de Génes*.

O TEMPORA , O MORES!

Il n'y aura bientôt plus rien de sacré
pour les libéraux. Ceux de B...., non con-
tens du charivari qu'ils ont voulu donner au
respectable M. B....., qui traversait leur
ville, le 5 août 18.., ont, après son dé-
part, *acheté* les meubles de la chambre
qu'il avait occupée quelques instans, les
ont transportés sur la place publique, et
en ont fait un feu de joie!!!

GRAND EMBARRAS D'UNE ACADÉMIE
DE PROVINCE.

On était à la veille d'une séance solen-
nelle, qui devait être présidée par un homme dont les préjugés faisaient tous les

principes. Ce président voulut, selon l'u-
sage, prononcer un discours ; il se proposait d'y plaindre le présent, et d'y vanter le
passé ; mais une loi non abrogée défendant
la lecture publique de tout discours qui
n'aurait pas été approuvé en particulier,
notre homme lut le sien à ses confrères.
Divisé en deux parties, c'était un véritable
sermon. Dans la première l'auteur prouvait
que les lumières aveuglent un peuple, au
lieu de l'éclairer; dans la seconde, que l'instruction publique démoralisait l'enfance,
lorsqu'elle n'était pas confiée à des corps
religieux.

Un académicien indépendant, car il y a
aussi des indépendans dans les académies,
s'éleva contre le président. Il prétendit que
l'on voyait plus clair le jour que la nuit; et,
attendu les bulles des papes, et les édits
des rois contre les jésuites, les progrès de
l'enseignement mutuel et l'organisation *fu-*
ture de l'instruction publique, le discours
du président fut rejeté.

L'indépendant en proposa un second.

C'était la contre-partie du premier. Il allait ravir tous les suffrages, lorsqu'un académicien ministériel (les ministériels se glissent partout) se présenta pour réunir les deux partis. Il prouva, dans un troisième discours, que les lumières ne sont utiles que lorsque le ministère les distribue ; que les gens de lettres ne sont recommandables que lorsque le ministère les salarie ; que l'instruction n'est morale que lorsque le ministère la dirige. L'académie de se récrier et de prétendre que l'orateur déplaisait à tout le monde; le ministériel de s'applaudir et d'affirmer qu'il faisait le bien de tous, puisqu'il ne plaisait à personne.

Cependant, il fallait lire l'un des trois discours : de peur d'exciter des haines en satisfaisant une opinion, on se décida à les mécontenter toutes les deux. Quelques membres qui voulaient *conserver* leurs places, et quelques autres qui voulaient en *obtenir*, haranguèrent l'assemblée sur les ménagemens qu'exige le salut de la France, dans les académies *de province*, sur la nécessité imposée aux académies d'être ministérielles, afin que les fonctionnaires publics puissent devenir académiciens et les académiciens fonctionnaires publics.

Qu'arriva-t-il? Le discours ministériel fut prononcé par le président, et l'académie donna, comme l'opinion de tous, ce qui n'était l'opinion de personne.

RÉFLEXION PROFONDE.

Un invalide, condamné, en 1820, à deux ans de détention, pour injures envers la personne du roi et des membres de la famille royale, se proposait d'appeler en cassation de l'arrêt. « Vous savez, lui fit-on observer, qu'il en coûtera certains frais pour cet appel? — Oh bien, dit-il, s'il en est ainsi, j'y renonce, j'aime mieux boire quelques bouteilles de plus. »

Ce gaillard pensait aussi *comme Grégoire.*

LE SOUFFLET ET SES SUITES.

Dans une discussion des plus vives qu'il eut avec le moins querelleur de nos géné-

raux , un homme en place , reçut , dit-on,
un soufflet bien appliqué ; on s'attendait à
une affaire entre le *donneur* et le *receveur;*
point du tout ! Le premier fut envoyé le
lendemain à l'abbaye. Outré d'une vengeance qui lui paraissait indigne d'un Français, il fit, dans l'après-midi , porter à son
adversaire une épée de bois enfermée dans
un fourreau de carton, avec ce commandement de Dieu, proprement gravé sur la
lame.

« Homicide point ne seras.... »

DEVISE PATRIOTIQUO-SANITAIRE.

Dans les commencemens de la révolution,
vivre libre ou mourir était la devise à la
mode ; on la plaçait sur les drapeaux, dans
les enseignes des marchands, et jusque sur
les boutons des habits. Un pharmacien s'a-
visa de la parodier ainsi : il fit mettre au-
dessus de sa porte deux seringues en sautoir,
avec cette légende : *Ventre libre ou mourir !*
Cette saillie pensa lui coûter cher.

MOYEN DE CONCILIATION.

Dans l'une de nos assemblées (il serait difficile de décider laquelle , puisque toutes se sont presque toujours divisées en côtés droit et gauche et en centre); dans l'une de nos assemblées , dis-je , des gens qui ne savaient pas compter s'adressèrent à un député du côté gauche , et lui demandèrent combien faisaient six et six : « Douze, répondit-il à l'instant. » Un membre du côté droit entendit la réponse , et, pour n'être pas , apparemment , de l'avis de son confrère : « Six et six font quatorze , s'écria-t-il d'une voix forte.— Permettez, Messieurs, interrompit un orateur du centre. Le voisin de gauche a dit *douze* , celui de droite *quatorze* , selon moi, six et six font *treize* : il faut un *milieu* dans tout. »

TRAIT DIGNE D'UN ROMAIN.

C'était un fier républicain que l'adjudant général L.....t! Ce brave homme brûla son uniforme le jour que Bonaparte détruisit la république, reprit sa profession de boulanger, l'exerca avec honneur pendant quelques années qu'il vécut encore, et se montra sourd à toutes les sollicitations qu'on lui fit, pour reprendre son grade. Les royalistes les plus prononcés applaudirent eux-mêmes à la conduite decet homme si différent de ces faux patriotes, qui courbèrent le genou devant l'idole, et reçurent des titres et des cordons pour prix de leur bassesse.

NOUVEAU MOYEN DE PAYER SES DETTES.

Une bonne dévote avait une femme de chambre, qui, dernièrement, mourut sa créancière de 700 fr. pour gages de deux ou trois années. La famille, instruite de son décès, et de la somme qui lui était due, vint en faire la réclamation auprès de la noble dame, qu'elle trouva dans son oratoire. « Ah! c'est vous, mes amis, dit-elle, à ces bonnes gens, je suis enchantée de vous voir. Vous me croyez peut-être débitrice de votre parente? cela n'était que trop vrai, au moment où je l'ai perdue ; mais cette pauvre femme m'ayant confié que son âme avait le plus grand besoin de prières, je lui en ai fait dire pour 1000 fr., vous m'êtes donc redevables de 300 fr. Allez en paix , néanmoins : la charité chrétienne veut que je vous tienne quittes. »

IL N'Y A DONC PAS DE MAL A CELA !

On demandait à un enrichi de la révolution, comment il avait fait pour accumuler tant de richesses : « J'ai vu, dit-il, qu'on jetait l'argent par les fenêtres ; j'ai tendu mon chapeau, et ce qui est tombé dedans, je l'ai mis dans ma poche. »

PETITE DISTRACTION LIBÉRALE.

Un libéral passionné proposait dernièrement, dans une grande assemblée, de faire précéder la charte de cette épigraphe :

« Oui que César soit grand, mais que Rome soit libre. »

« — Le vers est beau, reprit un des assistans ; mais monsieur n'a pas sans doute réfléchi qu'il est récité dans *la Mort de César,* par l'acteur qui joue le personnage de Brutus, et que quelques scènes plus loin Brutus poignarde, *au nom de la liberté romaine,* ce César dont il vient de *voter* la grandeur.»

L'AGENT EN DÉFAUT.

Au moment de l'explosion espagnole, en 1820, le général Mina disparut tout à coup de Paris, et la police, qui le surveillait, donna des ordres à ses agens, sur les frontières d'Espagne, par lesquels il était présumable que le général chercherait à passer dans sa patrie.

En effet, Mina arriva à Bayonne dans une chaise de poste avec deux aides de camp; il descendit à l'auberge au relai, et demanda à déjeuner. Un des postillons crut le reconnaître, et le dit à l'un de ses camarades. Il fut entendu par l'un des deux officiers qui conseilla au général de partir à l'instant. Mina lui répondit qu'il pouvait avoir mal entendu, et persista dans son projet de déjeuner. On ne sait si les aides de camp

avaient vu venir le commissaire de police ;
mais ce magistrat s'étant présenté à l'auberge, y trouva Mina seul, et lui demanda
son passe-port qu'il exhiba. Le commissaire,
en le lisant, examinait à chaque instant les
traits du voyageur ; il voulut savoir ensuite
ce qu'étaient devenus les deux messieurs qui
étaient avec lui ? « Ce sont des négocians,
répond-il, qui sont allés en ville, chez
M***; je les attends pour déjeuner ; vous
voyez que le couvert est mis pour trois personnes. Le général était sans chapeau ; il
sortit du salon, et passa dans la cour, comme
en se promenant. Son sang - froid imposa
au commissaire, qui attendit en vain son
retour. Le lendemain, il reçut de Mina une
lettre datée d'Espagne, dans laquelle il lui
recommandait sa valise qu'il avait laissée,
et qui renfermait 4,000 fr.

INTRIGUES DE COUR.

Un prince très-religieux, avait un ministre contre lequel cabalait vainement toute
la cour. Enfin un rusé compère crut avoir

trouvé le moyen de renverser l'idole. « Sire, dit-il au roi, M. de..... ne va jamais à la messe. — Cela se peut, Monsieur, répondit le monarque ; mais je me souviens que feu l'abbé Terray l'entendait tous les jours. »

LE NÉOLOGISME.

En 1792, deux jeunes gens montés en fiacre, prirent de l'humeur contre le cocher, dont les chevaux rétifs ne voulaient pas partir. « Marche donc, s'écrièrent-ils, en jurant comme on jurait alors, ou nous allons te faire une *motion* sur les épaules. — Eh ! Messieurs, de grâce, leur répondit le cocher, en se retournant avec dignité : un peu de patience ! Attendez que je sois *constitué* sur mon siége, et que j'aie *organisé* mes chevaux. »

LE ZÉLÉ FONCTIONNAIRE.

Un agent suprême de police, très-actif de son naturel, avait découvert et dénoncé depuis peu plusieurs placards satyriques.

et menaçans , et il avait successivement reçu des gratifications proportionnées à son zèle. Il en découvrit tant que cela fit naître des soupçons. Une descente fut faite dans son cabinet ; on examina ses papiers , et l'on y trouva les croquis des placards déjà dénoncés , et d'autres qu'il se proposait d'apposer pour les dénoncer ensuite.

Le journal parisien qui cite ce fait, dit qu'il s'est passé à Rome ; on peut y aller voir.

L'HOMME LIBRE ET L'ESCLAVE.

Petite anecdote, citée par une feuille libérale.

Un officier anglais , en garnison à Gibraltar , alla un jour faire un tour sur les côtes d'Afrique, qu'il avait vues de sa fenêtre depuis son séjour dans cette forteresse. Il s'arrêta dabord à Tétuan , où il lia commerce avec un bourgeois de la ville. Celui-ci lui dit : « Je vous plains bien d'être obligé de vivre dans ce nid où vous êtes perché avec vos compatriotes , et où vous devez vous

ennuyer à la mort. » L'Anglais , étonné
d'être un objet de pitié pour un bourgeois
de Tétuan, se mit à le questionner sur la
vie , sur les lois , sur la police de Tétuan :
il apprit que ce bourgeois ne payait rien à
l'Etat ; que personne ne se mêlait de ses affaires ; qu'en s'abstenant du vol et du meur-
tre , personne ne lui demandait compte de
ses actions , et que , dans le fait , il y avait
peu d'hommes aussi libres qu'un bourgeois
de Tétuan.

Pendant la conversation , l'Anglais pria
l'Algérien de le mener au palais du gouverneur. « Nenni , répond le bourgeois , c'est
un homme de mauvaise humeur , qui fait
couper les têtes comme des choux !— Vous
êtes donc dans des transes perpétuelles ? lui
dit l'Anglais. — Point du tout , reprend le
bourgeois , je n'aurai de ma vie rien à dé-
mêler avec ce gouverneur ; qu'il soit de bonne ou de mauvaise humeur , peu m'importe ;
si vous voulez venir souper avec moi dans
ma maison de campagne , vous trouverez ma
femme et mes deux filles , et vous verrez

que je ne m'inquiète guère de notre gouverneur ; toute ma prudence se borne à éviter
de passer dans son quartier ; et , le seul cha-
grin que j'éprouve , c'est de voir , de mes
fenêtres , ce nid taillé dans le roc , et de penser combien vous devez vous y ennuyer ! »

L'ORTHOGRAPHE MOTIVÉE.

Quand on écrit *ultrà* , selon votre grammaire ,
Au pluriel met-on l's ? demandait un Anglais.
-- Ce serait temps perdu , répond un militaire :
Jamais *ultrà* ne fut français.

ON S'AFFECTERAIT A MOINS.

Un de ces officiers qui , après trente ans
de repos , ont été employés de préférence à
des soldats qui comptent trente ans d'acti-
vité , obtint un régiment en 1814; mais il
se montra si habile en tactique et en administration , que le ministère fut obligé , au
bout d'un an , de mettre M. le marquis à la
retraite , et de le faire remplacer par un militaire. « *Ce qui me chagrine le plus en ceci,*
disait le colonel réformé, *c'est d'avoir pour*

successeur un soldat de fortune. Voilà mon
régiment déshonoré. »

L'HONORABLE ET SON POSTILLON.

Les journaux *libéraux*, qui nous racontent avec tant d'emphase la réception de MM. tels et tels, à leur rentrée dans leurs foyers, ont oublié sans doute de nous faire part de l'aventure véritable, et surtout remarquable, arrivée à M. C...., lors de son passage à....

Ce digne *représentant*, piqué de n'avoir point reçu dans la ville les louanges qu'il se croyait en droit d'en attendre, pestait, criait, jurait même, dit la chronique, contre les gens de la poste, qui ne lui fournissait pas de nouveaux chevaux aussi promptement qu'il l'eût désiré !

Arrive un postillon d'une humeur pour le moins aussi revêche que celle de M. C...., et jurant quatre fois plus fort que lui : « Qu'avez-vous donc, mon ami, lui demande le voyageur surpris de tant d'énergie ? — Ce que j'ai, mon maître, ce que

j'ai!!... C'est contre ces ch...... maudites,
qui...—Les ch...... mon cher? vous ignorez,
je le vois, que j'ai l'honneur d'en faire partie. — Oh! quand je dis les ch......, ce n'est
pas précisément à elles que j'en veux : je
sais que celle des P.... fait rondement *son
devoir ;* mais les D......! — Je suis l'un des
D...... , mon ami. — Eh! sans doute les
D...... ne vont pas mal non plus; ils ont
prouvé dans mainte occasion leur dévouement au gouvernement, mais c'est qu'il y a
parmi eux des libéraux qui voudraient bou-
leverser tout.... — Sachez, mon garçon que
je m'honore d'être libéral. — Ah diable!
au fait, je n'ai rien à dire moi contre les libéraux ; il fait même bon être *libéral* avec
moi ; mais il en est, parmi eux, un que je ne
puis souffrir ; c'est ce diable incarné de
C...., qui parle toujours à tort et à travers,
sans rien dire de bon.... Eh! que faites-
vous donc, mon maître ? vous me donnez
pour boire, vous me tournez le dos ; ah!
j'entends! vous voulez un autre postillon que
moi. Aye! Pierre! conduis ce monsieur,

et surtout ne t'avise pas de lui parler politique. »

LA CAUSE DE LA RÉVOLUTION.

Il y avait cercle chez la vieille marquise
de...., et l'on parlait politique... !! On en
parlait comme on en parle dans toutes les
sociétés où, quelque soit d'ailleurs l'opinion dominante, chacun met ses petites
passions à la place de l'intérêt public.
Après quatre heures d'une discussion *lumi-
neuse*, la dame du logis leva la séance, en
disant à ses nobles hôtes : « Vous méritez,
Messieurs, ce qui vous arrive ; j'ai prédit
la ruine de la noblesse, quand j'ai vu que
vous abandonniez des femmes comme nous
pour courtiser d'ignobles roturières. »

LA BONNE PATRIOTE.

Tâchez de mettre Paris en révolution,
répétez *à tue-tête*, les grands mots de liberté,
de droits de l'homme, et tant d'autres, qui
nous ont fait faire tant de chemin il y a
quelques trente années, beaucoup de gens

pourront approuver les balivernes dont on les bercera ; mais personne ne bougera et tout le monde fera bien. En 1789, il n'en était pas ainsi ; les hommes couraient où voulait les conduire le premier motioneur ; et les femmes (d'une certaine classe s'entend) marchaient à leur tête.

Dans la nuit terrible du 5 au 6 octobre , les *citoyens* et *citoyennes* , chassés des rues de Versailles par une pluie dont il est impossible de se faire une idée , se réfugièrent partout où ils purent trouver un abri ; mais principalement dans l'église Saint-Louis , où , pêle-mêle , chacun s'arrangea comme il put. Une jeune et jolie poissarde, qui s'était égosillée tout le jour à chanter des hymnes patriotiques , vit sous une porte cochère restée ouverte , un canon , autour duquel tous les artilleurs ronflaient à qui mieux mieux. Entraînée par la force de l'exemple , elle trouve superbe de se hucher sur la pièce , et bientôt s'y endort profondément. Un jeune factionnaire blotti dans un coin, avait aperçu toute cette manœuvre.

Dès que la belle a fermé les yeux, il s'approche à pas de loup, enjambe par-dessus les canonniers, sans troubler leur sommeil, prend dans ses bras la jeune héroïne, et fait de l'affût du canon le trône de la volupté. « Ah ! ah ! s'écrie-t-elle en s'éveillant, et toute pleine encore des souvenirs de la veille. *Ah ! ah ! vive la na...tion ! vi.. ive la nation !!!* »

A UN CÉLÈBRE AUTEUR,

Qui visait tout au moins au titre de chancelier.

L'ami, tu ne choisis pas mal ;
Mais si tu veux t'assurer cette chance,
A Charenton retiens vite un local :
Chacun te proclame d'avance
Le chancelier de l'*hôpital*.

ILS N'AVAIENT TORT NI L'UN NI L'AUTRE.

Lorsque l'assemblée, dite nationale, abolit d'un seul coup tous les parchemins, un gentilhomme, vivement affecté de ce coup inattendu, s'écria : « Ces coquins-là ne songent pas à tout le sang que la noblesse a versé dans les batailles. — Eh monsieur le comte, répondit son fermier, le sang du peuple qui coulait dans le même temps n'était-il que de l'eau ? »

LE CÔTÉ MALADE.

On comptait dans le centre de la chambre *introuvable* plusieurs médecins, qui, dans une discussion peu importante, votèrent avec le côté gauche. « Nos adversaires sont bien malades, s'écria l'un des coryphées de cette partie de l'assemblée ! voilà déjà que la faculté les abandonne. »

LE NOBLE DÉCHU.

D'après le titre de ce petit ouvrage, qui annonce lui-même autant de mensonges que de vérités, nous n'hésitons pas à citer l'anecdote ci-après, dont nous n'oserions, et pour cause, garantir l'authenticité.

Un *comte* de l'empire a voulu échanger son ancien brevet contre un brevet royal, et l'a en conséquence adressé à la commission compétente. Aux termes des ordonnances, ce n'était qu'une simple formalité, il ne s'agissait que de payer des droits.

Huit jours, quinze jours se passent, et M. le comte ne reçoit pas son brevet restauré. Il prend le parti de se rendre à la commission. « Tout est expédié, lui dit le maître des requêtes, chargé du sceau ; voilà vos nouvelles lettres parfaitement en règle. » Le ci-devant plébéien est enchanté ; il parcourt des yeux le nouveau brevet : quel est son étonnement, en y voyant le titre de baron substitué à celui de comte. « — Vous avez commis une erreur d'expédition très-grave, s'écrie-t-il, je suis comte et non pas baron. — Mais, M. le baron, répond avec gravité l'homme du sceau, je me suis conformé à l'ordonnance, et je vous ai donné le titre qu'elle vous accorde — Impossible ! je suis comte, vous dis-je. — Vous êtes nommé baron. — Mais la ch.... confirme tous les titres existans, elle reconnaît la nouvelle noblesse comme l'ancienne. — La ch....! dit en souriant l'autre interlocuteur :

13.

Ah! M. le baron! — Comment donc! est-ce que la ch.... n'est plus la loi de l'Etat? — La ch.... est sacrée, elle a droit à tous nos respects; mais la ch.... consacre la liberté de la presse, et vous en avez voté la suspension. — Il est vrai, et je ne m'attendais pas qu'après une telle preuve de dévouement..... — Hé bien! vous vous imaginez que si, sans violer la ch...., on peut, forcé par les circonstances, créer des lois d'exception, l'on ne pourrait pas, sans lui porter atteinte, faire un baron royal d'un comte impérial? — Mais cela est singulier: mon fils est vicomte, je ne puis pas être moins que mon fils. — Vous plaisantez: n'avons-nous pas des ducs dont les pères ne sont que des vilains? »

La conversation finit brusquement; le noble personnage ne voulut pas retirer son nouveau brevet, et il laissa l'ancien; de manière qu'il n'est plus ni comte ni baron. Il faut espérer qu'à son prochain vote contre les libertés nationales, il sera *promu* au titre d'écuyer.

LE CRI DU PEUPLE.

La révolution de Naples, arrivée au commencement de juillet 1820, n'a pas, comme
on doit bien le penser, réuni les suffrages de
tous les sujets de S. M. le roi des Deux-Si-
ciles. Les *ultra* du pays racontent que les
lazzaroni (gens de la dernière classe du
peuple) ne pensant guère qu'aux subsistances, et ne comprenant pas les cris de *viva
la costituzione !* criaient à tue - tête ; *viva
la colazione !* (vive le déjeuner!)

EPIGRAMME

*Contre un d..... journaliste, qui ne tarit ni
en discours, ni en articles.*

Maudit soit le bavard venu du Finistère !
Monsieur ne veut jamais, quand tout est fini, s'taire.

PAS SI BÊTE, MONSEIGNEUR!

L'aumonier du dieu Mars (1) se trouvait
naguère à un grand repas chez un *ci-de-*

----

(1) Cette simple qualification désigne suffisamment
le saint personnage.

vant ministre. C'étoit un vendredi et l'on y faisait *chère de commissaire*, c'est-à-dire, que la table était servie en gras et en maigre. Le cher abbé ne hait pas les bons morceaux. A-t-il tort ? Mais, faire gras un pareil jour ! « Jacques, dit-il tout haut à une espèce de valet qui se tenait derrière sa chaise ; Jacques, approchez de moi cette omelette. »

Jacques obéit ; mais monseigneur, je ne sais par quelle distraction, enlève d'un coup de fourchette une cuisse de volaille qui se trouvait à sa portée, et la met sur son assiette. Deux jolies dames, un peu succinctement vêtues, l'observaient du coin de l'œil ; elles se poussèrent mutuellement le coude, et partirent d'un éclat de rire inextinguible. « Apprenez, Mesdames, leur dit le prélat démissionnaire, avec un grand sang-froid, qu'il vaut mieux faire gras une fois par hasard, que de montrer sa gorge à tous venans. »

LA MANIE DES SOUSCRIPTIONS.

Epigramme.

Sans cesse tu souscris, tantôt contre une loi,
Tantôt contre un arrêt, ou pour le champ d'asile ;
C'est être *libéral ;* mais, réponds-nous, Basile ;
Quand tu n'auras plus rien, qui souscrira pour toi ?

MIRACLE MODERNE.

Qui de vous, Messieurs, n'a entendu parler de la liquéfaction annuelle du sang du bienheureux saint Janvier ? Quand les troupes françaises prirent pour la première fois possession de la ville de Naples, on eut quelque envie de supprimer le miracle, pour faire croire au peuple que saint Janvier était irrité contre les soldats de la république, et que la ville était profanée par leur présence. Effectivement, la fête de saint Janvier arrive. La cérémonie est pompeuse. L'évêque qui officiait présente aux yeux des lazzaronis le tube précieux où le sang devrait couler. Rien ne paraît. On murmure : point de miracle. Les lazzaronis

commencent à hurler des imprécations.
L'état major français était dans le chœur,
et n'ayant point fait entrer de soldats dans
l'église, se voyait très-compromis, et, sans
défense, exposé à la rage des mendians na-
politains. Un des officiers français, homme
d'esprit, s'approche alors de l'évêque offi-
ciant, et, pour sortir de cette crise, lui dit
à voix basse, en lui faisant voir sa montre :
*Monseigneur, si dans trois minutes le mi-
racle n'est pas fait, je vous passe mon
épée au travers du corps.* A l'instant le miracle se fit, le mécontentement se changea
en allégresse, et les voûtes retentirent des
cris mille fois répétés : « Vivent les Français! vive saint Janvier!...»

RENFORZANDO.

Anecdote tirée de l'histoire de saint Jérôme.

Il existe à Paris certaines maisons où jamais une honnête femme ne peut mettre le
pied. C'était, dans le temps où l'on distri-
buait des royaumes, comme on donne aujourd'hui des préfectures. Au milieu d'une

nuit , l'on entendit, d'une de ces maisons,
des cris lamentables qui mirent l'alarme
dans tout le quartier : le commissaire de
police , arraché de son lit , s'y transporte
avec quelques hommes de garde. Arrivé sur
les lieux , il trouve deux femmes éplorées, et
qui portaient sur leur visage les marques des
mauvais traitemens qu'elles avaient reçus :
les coupables , au nombre de trois, étaient
là , et ne cherchaient nullement à s'évader ;
au reste , ils en étaient incapables , car ils
étaient dans une ivresse complète. Le commissaire se mit en devoir de dresser son
procès verbal , au milieu des glaces et des
meubles brisés. « Qui êtes-vous ? dit-il , au
plus âgé des trois tapageurs. — Parlez plus
honnêtement, répondit celui-ci en balbu-
tiant ; je suis le bibliothécaire de S. M. le
roi de Westphalie. » Le commissaire surpris , se fit répéter deux fois la même réponse. « Et vous ? dit-il au second. — Moi ,
dit celui-ci , je suis le ministre de S. M. le
roi de Westphalie. » Pour le coup , le commissaire crut que l'on se moquait de lui ; il

se fâcha. « Pas de mauvaises plaisanteries,
Messieurs, dites la vérité, ou sinon...!
Mais voyons ce jeune drôle-là, qui me regarde en ricanant, et qui peut à peine se
tenir sur ses jambes; ne va-t-il pas se donner
aussi pour un personnage important! parle :
qui es-tu? — Du respect, Monsieur, dit
ce dernier en se redressant autant que son
ivresse le lui permettait; vous ne savez
pas à qui vous parlez. — Non; mais c'est
précisément ce que je veux savoir. — Hé
bien! Monsieur, sachez donc que je suis le
roi de Westphalie. »

Il disait la vérité : c'était M. le bibliothécaire qui avait entraîné le roi Jérôme et
son ministre dans une partie de débauche;
il fut le seul puni, car S. M. I. ordonna à
S. M. R. de laisser son bibliothécaire à Paris. Si ce fut un malheur pour la Westphalie,
ce fut un bonheur pour les amateurs de romans : ils doivent à cette disgrâce au moins
quarante volumes qui, comme les satires
de Régnier, se sentent un peu des lieux
que fréquentait l'auteur. »

PAROLES RASSURANTES.

Le rédacteur en chef d'un journal connu par ses opinions exagérées, disait que les libéraux avaient demandé sa tête. — « Rassure-toi, mon cher M..........., lui dit un de ses amis ; une tête comme la tienne ne sera jamais bonne à rien. »

LE CI-DEVANT.

Ce fat, dont la voiture altière
Menace, écrase le passant,
Doit être au moins un ci-devant ?
— Oui : c'est un ci-devant... derrière.

LE MÉRITE DE L'A-PROPOS.

Un certain parti, après avoir long-temps dédaigné le pacte sur lequel reposent les destinées de la France, s'en est épris tout à coup au point que le journal en vogue s'est un jour exprimé ainsi : « C'est avec les mots de charte, de concordat, de recrutement qu'il faut bercer la génération actuelle. — Il a raison, s'est écrié un lecteur ; à compter de ce moment, je me mets à cheval sur la ch...., et je la fais galoper jusqu'à ce que ma monture en crève. »

DÉBATS LACONIQUES.

Lors de la discussion sur la liberté individuelle dans la session de 18.. à 18.., un écrivain libéral la réduisit à ce peu de mots : « Les députés constitutionnels s'écrient : *Mais le malheureux qui ignorera son crime sera en proie à toutes les angoisses.* — Il le faut, répondent les ministres. — *Accordez - lui la société d'un conseil qui l'assiste.* — Impossible. — *D'un parent qui le console.* — Jamais. — *Sa santé s'altérera.* — Tant pis. — *Il vivra donc du pain du criminel !* Aucune réponse. — *Mais si sa raison s'altère ?* Profond silence. — *Mais s'il meurt ?* — L'ordre du jour. »

PORTRAITS DE SOCIÉTÉ.

Nº 1.

Vous voyez bien ce petit monsieur qui s'écoute parler avec tant de plaisir, et qui est à peu près son seul auditeur ; c'est un homme de lettres qui court les places ; sifflé au théâtre, tombé dans la littérature, il s'est relevé dans les antichambres ; il obtient tous les emplois qui ne sont pas au concours. Vous voyez à sa boutonnière cinq ou six ordres étrangers : il se dédommage par les faveurs des rois des disgrâces du parterre. Il n'en est pas encore à son premier succès, et il en est déjà à sa dixième place ; mais aussi c'est le troubadour du pouvoir et le chantre de la circonstance : il avait fait des vers pour le dernier ministre ; ils commençaient ainsi :

O vous que sur ses bords vit naître la Garonne !

Le soir il apprit sa disgrâce ; mais il ne voulut pas perdre le fruit de son génie. Avec un léger changement de rime ses vers convenaient parfaitement au nouveau ministre. Il substitua seulement au premier celui-ci :

O vous que sur ses bords vit naître la Durance !

L'ancienne rime était *trône*, qui n'était exacte que pour un gascon ; il la changea par celle de *France*, qui est aussi riche à Paris qu'à Bordeaux. Du reste, tout ce qu'on disait des vertus de l'un allait merveilleusement aux vertus de l'autre ; car il est convenu qu'un ministre en place est toujours vertueux. Pour vous le peindre d'un seul trait, c'est un érudit de salon et un savant d'Athénée. Il professerait parfaitement la littérature dans un pensionnat de demoiselles. Le voyez-vous, parler à cette dame ? c'est la femme d'un des quarante immortels ; une place est vacante à l'académie, et notre homme de lettres *in partibus* la sollicite. Vous trouveriez peut-être surprenant qu'il l'obtînt. C'est mal envisager les choses ; je serais très-étonné, moi, s'il ne l'obtenait pas.

Nº 2.

Jetez maintenant les yeux sur ce jeune homme de vingt à vingt-deux ans qu'à sa démarche on prendrait pour un jeune *gentleman* fraîchement débarqué sur les bords de la Seine : hé bien ! c'est un anglais du faubourg Saint-Germain, qui ne s'est jamais embarqué que pour Saint-Cloud ; mais parce qu'il allonge les pans de son habit, il se croit un penseur, et parce qu'il s'emprisonne le cou dans une cravate bien serrée, il s'imagine être un publiciste. Il y a six mois qu'il lut Blakstone et Delolme, et depuis qu'il croit les entendre, il tranche du petit législateur, et broche tout les huit jours quelques articles de journaux sur les délits et les peines. On annonce de lui une dissertation profonde sur le jury ; le jour où elle sera mise en vente, il entrera dans sa vingt-unième année. Passez à midi devant le Palais de Justice, vous y verrez régulièrement son *til-bury* ou son *landaulet* ; il ne manque pas plus une séance de tribu-

14.

nal qu'une tragédie nouvelle ; hier matin , il
assistait au jugement d'un faussaire, et lé
soir , il était à une représentation dù *Léga-*
taire universel. Vous ne sauriez vous figurer avec quel sérieux il écoutait lá pièce ;
il paraissait insensible au comique de l'ouvrage , le *faux* de Crispin seul l'occupait.
Je le vis causer avec un de ses voisins; je
gage qu'il appliquait la législation pénale de
l'Angleterre sur les faux testamens. C'est
un homme charmant auprès des dames ; il
ne leur parle que de prisons, de bannisse-
ment, de théories sur l'impôt et de romans
sur la liberté. A propos de liberté , il n'a
pas mieux défendu la sienne que celle de
son pays. Il porte depuis un mois les fers
d'une Aspasie politique ; le ciel les avait
créés l'un pour l'autre : il leur devait de
les faire rencontrer. C'est à une séance de
la cour d'assises qu'ils se sont vus pour la
première fois ; l'amour les a frappés en présence de Thémis. Rien de plus tendre, rien
de plus entraînant que les entretiens de ce
couple chéri, ils parlent de leur bonheur

en jurisconsultes profonds, et ils analy-
sent leur flamme comme un président fait
un résumé. On dit pourtant que depuis
quelques jours ils sont en délicatesse, et
que leur brûlante passion s'est un peu re-
froidie. Un assez vif débat, sur un passage
de Blakstone, a occasionné cette petite
querelle qui aurait pu devenir sérieuse.
Mais si Blakstone les a brouillés, on espère
que Beccaria leur fera faire la paix. Ils le
commentent en commun, et le public jouira
bientôt des fruits de ce mariage scientifique
et législatif.

N° 3.

Vous ne devineriez jamais la profession
de ce particulier sur lequel les yeux de
toutes nos dames s'arrêtent avec une complaisance marquée. A son air vainqueur, à sa
jolie figure vous le prendriez pour un Lo-
velace. Ce n'est qu'un médecin. Celui du
Cercle, avec sa perruque à trois circonstances, aurait l'air d'une caricature à côté
de notre sémillant Esculape, C'est un homme

très-profond dans son art ; il y a quelques
années qu'il griffonnait des chansons ana-
créontiques ; et il marche aujourd'hui l'égal
des Bichat et des Corvisart ; mais Apollon
est à la fois le dieu des vers et le dieu de la
médecine. La clientelle d'un homme en place , qu'il a eu le bonheur d'obtenir par la protection d'une jeune élève de Terpsichore , l'a
mis en crédit dans tous les cercles à la mode.
On sait que S. Exc. ne lui refuse rien, et l'on
feint une maladie pour obtenir sa protection ;
il place ses malades pour les guérir ; il a fait
dans ce genre des cures merveilleuses , qui
lui ont assuré une brillante existence ; les
vieux praticiens assurent qu'il est d'une
ignorance complète ; mais du moins il sait
s'enrichir. Il a publié des livres charmans
sur les vapeurs et sur les maladies de nerfs ,
et il écrit toutes ses ordonnances sur du papier couleur de rose , orné de vignettes
du meilleur goût. S'il a peu de réputation
parmi ses confrères, il passe pour un habile homme dans les boudoirs. Toutes les
faveurs , toutes les sinécures lui arrivent à

la fois ; il est professeur et ne fut pas même écolier ; il a des traitemens pour des lycées , où il envoie ses seconds , pour des prisons , où il délègue ses prévôts , et pour des hôpitaux, où il va trois fois par an goûter le vin vieux des malades.

N. B. Si l'occasion s'en présente , nous donnerons encore quelques numéros de ces esquisses , qui sont loin d'être des portraits de fantaisie. (*Note de l'éditeur.*)

EXPÉDITION DIGNE DES BEAUX JOURS DE 1793.

On trouvera facilement , dans les troubles religieux et dans nos anciennes révolutions , un trait du genre de celui que nous allons rapporter. Un homme de lettres, qui s'était retiré dans une petite ville du Midi , était surveillé comme factieux, parce qu'il était libéral. Au premier jour de l'an 1816 , quelques amis qui fréquentaient la maison , apportèrent à la dame ce tribut de bonbons que l'usage a imposé. Cette dame , jeune et étourdie , ne sachant où placer les dragées , les devises , les pralines , etc., s'empara de plusieurs petits cartons où son mari conservait, sur des cartes, les notes qu'il prenait pour ses ouvrages. Dans cet état de choses, le 2 janvier au matin, on vint faire une visite domiciliaire de la part de l'autorité. On parcourut les manuscrits, qui ne présentèrent rien de révoltant; mais on découvrit quatre cartons sur le couvercle desquels on lisait : *Notes biographiques, souvenirs pour l'histoire du temps, fragmens sur la révolution, idées sur les républiques* : « Voilà, s'écria un matois de la police, voilà où nous trouverons de quoi coffrer notre homme ! »

La première boîte qui s'ouvrit était pleine de ces bonbons sur lesquels on lit : *demande, réponse* ; c'était un *catéchisme séditieux* ; il fut saisi. La seconde contenait des *rébus*, que l'on arrêta comme *hyérogliphes et correspondance énigmatique et criminelle.* On trouva dans la troisième une écrevisse de sucre, qu'on prit pour un aigle, trois pommes de terre qu'on regarda comme une fleur de lis brisée, et une tranche de jambon en sucre, qui fut réputée emblème du drapeau tricolore. La quatrième boîte, pleine de dragées et de pralines, fut cependant arrêtée aussi à cause de sa mauvaise société ; et l'homme de lettres se vit traduit par-devant le commissaire de police. Il est vrai de dire que, le jour même, cette ridicule affaire fut éclaircie : mais les bonbons furent mangés par les sergens ; car il faut bien que la justice mange quelque chose.

PARODIE DE LA FAMEUSE STROPHE DE MALHERBE :

La mort a des rigueurs, etc.

L'hiver a des rigueurs à nulle autre pareilles ;
  On a beau se couvrir ;
Celui qui s'est *fourré* par-dessus les oreilles
  Doit encore transir.
Le pauvre en son taudis, n'ayant rien qui le couvre,
  Souffle en vain dans ses doigts ;
Et l'hiver triomphant des fournaises du Louvre,
  Pénètre jusqu'aux rois.

LE COMMENTAIRE.

Deux dames de la halle de Bordeaux se plaignaient l'une à l'autre de l'exercice des *droits réunis*, devenus *contributions indirectes*. « Ce n'est pas là ce qu'on nous promettait, disait la première, quand on prononçait ces paroles mémorables : *plus de droits réunis !* — Sotte que tu es, reprit l'autre en patois : n'a pas bien compris le frances. PLUS VO DISE MAY ; (plus veut dire *davantage*) tu vois bien qu'on nous tient parole. »

ESPIÈGLERIE ROYALE.

Un des souverains de création moderne, qui régnait en 1809, sur une contrée dépendante de la confédération du Rhin, et que les événemens de 1814 ont *déplacé*, avait l'habitude de signer toujours la sentence des condamnés et s'*amusait* parfois à aggraver leur peine. On lui présenta un jour un arrêt qui condamnait un coupable aux

galères *perpétuelles.* Il mit en marge :
« cinq ans de plus. »

PÉTITION D'UN HOMME DE L'AUTRE MONDE.

Air : *N'en demandez pas davantage.*

La paix enfin par son retour
Du bonheur nous offre le gage :
J'ai brillé jadis à la cour,
Car sous le régent j'étais page ;
   En dépit des lois ,
   Donnez-moi la croix....
Et je n'en veux pas davantage.

La pêche et la chasse , autrefois
Voilà quel était mon ouvrage ;
Je punissais mes villageois,
Pour le plus léger braconnage;
   Rendez-moi mes droits,
   Rendez-moi mes bois....
Et je n'en veux pas davantage.

D'une vaine éducation
J'ai su mépriser l'avantage ;
Pourtant je sais signer mon nom ,
J'ai du zèle , j'ai de l'usage ;
   Mais venons au fait ;
   Que je sois préfet... ,
Et je n'en veux pas davantage.

J'ai quatre fils encor vivans,
Cinq filles propres au ménage,
Huit neveux remplis de talens,
Une femme de haut parage :
    Pour nous plaire à tous,
    Enrichissez-nous,...
Nous n'en voulons pas davantage.

INSCRIPTION MORALE.

En 1793 , on lisait sur la porte de l'un des bureaux d'une partie importante de l'administration municipale d'une *très - grande* ville.

    « *Bureau des mœurs.*

« Cent francs de récompense à toute fille *qui deviendra mère.* »

HOMMAGE A LA FIDÉLITÉ.

A la fin de novembre dernier, madame de C.... voyageant de Paris à Versailles, oublia dans la voiture publique une bourse contenant deux billets de mille francs et quelques pièces de monnaie. Cette bourse, trouvée par le cocher, fut fidèlement déposée entre les mains de l'entrepreneur des voitures qui ; sur la réclamation de la dame, s'empressa de la lui remettre. Madame de C.... pensant que dans un siècle où la probité est rare, on ne saurait trop l'encourager, ne s'est pas contentée de donner à l'honnête cocher de stériles éloges ; elle l'a forcé d'accepter une somme de....... *six francs !!!*

L'ÉRUDITION A LA MODE.

Les journaux de la capitale se sont beaucoup moqués de l'érudition de l'orateur, qui a mis dans la bouche de Caton d'*Utique* le fameux *delenda est Carthago*. Les traits qui suivent sont du même genre.

Un prince complimentait un de nos colons modernes sur un discours qu'il venait de prononcer, et qu'il avait sans doute acheté à beaux deniers comptans. *Vous êtes un Démosthène*, lui disait-il. — *Je ne me flatte pas*, répondit modestement l'orateur, *d'égaler Démosthène en talent ; mais j'aime mon roi pour le moins* autant qu'il aimait le sien.

Un de nos magistrats donnait ce conseil à un jeune avocat débutant dans la carrière du barreau : *lisez et relisez Cicéron , surtout son oraison pour Milon* de Crotone.

Une autre personne , devant qui on vantait beaucoup Cicéron, s'écria : *Vous aurez beau faire , vous ne le justifierez jamais d'avoir jeté son bouclier* à la bataille d'Actium.

LA RELIQUE.

Parmi un grand nombre de passages très - curieux, le testament de Benjamin Francklin , le libérateur de l'Amérique , renferme celui-ci. L'acte est daté du 17 juillet 1788.

« *Item.* Je lègue mon bâton de pommier sauvage , orné d'un bouton d'or, en forme de *chapeau de la liberté*, à mon ami , qui est aussi celui de l'humanité , le général Washington. Si c'était un sceptre , il serait digne de le posséder , et il lui conviendrait. »

Le général Washington a légué ce même

bâton à son frère Charles Washington , en déclarant que c'était un des objets les plus précieux de son héritage. On prétend qu'enfin ce fameux bâton est tombé aux mains d'un des vétérans de la révolution française , et que c'est par ce motif que l'ex-général se montre encore aujourd'hui *coiffé* de la liberté.

N. B. Le trait n'est pas aussi piquant peut-être que l'aurait bien voulu celui qui l'a lancé , parce que le chapeau légué par Francklin est d'une matière qui n'est pas susceptible de *rougir.* (Note de l'éditeur.)

LA LOI DÉSIRÉE.

On sait que de mauvais plaisans s'étaient amusés à donner le nom de ventre à cette partie de la chambre des députés qui tenaient le milieu entre le côté gauche et le côté droit. On prétend qu'un honorable membre ayant un jour parlé de la loi *des douze tables,* un mouvement d'hilarité gastronomique anima tout à coup le ventre , puisque ventre il y a , et qu'un des ventrus, demanda à ses voisins dans quel pays cette loi était en vigueur. « Dans la *Grèce*, lui répondit-on. — Heureux pays ! reprit le premier interlocuteur ; au moins pouvait-on s'y retourner : quand par hasard la marmite d'un ministre venait à se renverser, on ne se voyait pas réduit à manger chez soi, ou à payer fort cher un mauvais restaurateur. Que nos ministres proposent une loi des douze tables, je leur garantis la majorité ; ils l'ont bien eue quelquefois avec une seule ! »

LE SCRUPULE.

Un riche mariage, arrêté, conclu, à la veille de s'accomplir suivant les lois divines et humaines, vient d'être soudainement rompu. La mère de la fiancée a été déposer dans une maison de charité tous les bijoux, joyaux, schals, et étoffes qui formaient le présent de noces, pour être vendus au profit des pauvres de l'arrondissement. Un schal seul valait 25 louis.

On assure que la politicomanie est la cause de cette rupture ; madame de M..., l'une des plus ardentes lectrices du drapeau blanc, a découvert que son futur gendre était abonné au constitutionnel : *Inde iræ.*

NAÏVETÉ.

Dans les temps heureux où la canaille vociférait impunément *à bas la calotte !* une bonne femme vit de sa fenêtre un embarras de voitures dans lequel se trouvaient pris son confesseur et un homme du peuple. « Prenez-donc garde, cria-t-elle aux cochers, vous allez écraser un prêtre ! — Eh moi donc ! reprit l'artisan, me comptez-vous pour rien ? un père de famille, qui a six enfans ! — Six, mon ami ? répliqua le saint homme ; j'en ai bien davantage !! »

LE MONARQUE ET SES COURTISANS.

On accuse d'un propos, plus que léger, l'homme dont l'imprévoyance exposa nos armées à toute la rigueur des climats du nord. Réfugié aux Tuileries, il aurait dit, en se frottant les mains devant un grand feu : « Il fait meilleur ici que sur les bords de la Bérésina ! »

Les plats valets de l'idole, encore sur pied, au lieu de s'attendrir sur le sort des milliers de victimes sacrifiées à l'ambition aveugle d'un seul homme, ne disaient-ils pas, en parlant de cet affreux désastre : « Ce qu'il y a d'*heureux*, dans cette retraite, c'est que l'empereur n'a manqué de rien ; il a toujours été bien nourri, bien enveloppé dans une bonne voiture ; enfin il n'a pas du tout souffert : c'est une *grande consolation*. » Mais, fiez-vous, grands d'un jour, à l'affection de vos flatteurs ! ceux qui s'attendrissaient ainsi sur le sort de leur maître, à quelques jours de là, le forcèrent d'abdiquer, et vinrent, d'eux-mêmes, prêter au souverain légitime des sermens, qu'ils rétractèrent au 20 mars suivant.

MODÈLE POUR LES DÉLATEURS.

En 1820, un soldat de la légion des Bouches-du-Rhône, nommé Pierre Charles, fut condamné à Dijon, à trois mois de prison et 5o fr. d'amende , pour avoir eu dans une boîte l'image du prisonnier de Sainte-Hélène. Il alléguait que le colporteur qui lui avait vendu cette boîte ne lui avait point fait connaître l'existence de ce portrait caché dans un double fond. Un particulier, auquel il offrait du tabac , découvrit le secret et en fit des reproches au soldat. Celui-ci offrit alors au voyageur de lui remettre la boîte. Mais cet homme, après l'avoir refusée, courut après le militaire, lui demanda sa tabatière, et l'ayant reçue, déféra la chose à l'autorité.

PETITES MESURES DE POLICE MAHOMÉTANE.

« Nous , Joussouf Cherebi, par la grâce de Dieu, Mouphti du saint chapitre ottoman, lumières des lumières , élu entre les élus , à tous les fidèles qui ces présentes verront, sottise et bénédiction ! !

« Comme ainsi soit que Saïd Effendi, ci-devant ambassadeur de la sublime Porte, vers un petit état nommé Frankrom, situé entre l'Espagne et l'Italie , a rapporté par-

mi nous le pernicieux usage de l'imprimerie; ayant consulté, sur cette nouveauté,
nos vénérables frères les cadis et imans de
la ville impériale de Stamboul, et surtout
les fakirs connus par leur zèle contre l'esprit, il a semblé bon à Mahomet et à nous
de condamner, proscrire, anathématiser
ladite infernale invention de l'imprimerie,
pour les causes ci-dessous énoncées :

« 1º. Cette facilité de communiquer ses
pensées tend évidemment à dissiper l'ignorance, qui est la gardienne et la sauvegarde
des états bien policés ;

« 2º. Elle tend à inspirer aux sujets quelque élévation d'âme, quelque amour du bien
public, sentimens absolument opposés à la
saine doctrine ;

« 3º. Il arriverait à la fin que nous au-
rions des livres qui, au lieu d'entretenir la
nation dans une heureuse stupidité, ren-
draient justice aux bonnes et aux mauvaises
actions, et recommanderaient l'équité et
l'amour de la patrie, ce qui est visiblement
contraire aux droits de notre place ;

« 4°. Il se pourrait, dans la suite des temps, que de misérables philosophes, sous le prétexte spécieux, mais punissable, d'éclairer les hommes et de les rendre meilleurs, viendraient nous enseigner des vertus dangereuses, dont le peuple ne doit jamais avoir connaissance;

« 5°. Il arriverait, sans doute, qu'à force de lire les auteurs qui ont traité des maladies contagieuses, et de la manière de les prévenir, nous serions assez malheureux pour nous garantir de la peste ; ce qui serait un attentat énorme contre les ordres de la Providence.

« A ces causes et autres, pour l'édification des fidèles et pour le bien de leurs âmes, nous leur défendons de jamais lire aucun livre sous peine de damnation éternelle, et de peur que la tentation diabolique ne leur prenne de s'instruire, nous défendons aux pères et aux mères d'enseigner à lire à leurs enfans; et, pour prévenir toute contravention à notre ordonnance, nous leur défendons expressément de pen-

ser, sous les mêmes peines ; enjoignons à
tous les vrais croyans de dénoncer à notre
officialité quiconque aurait prononcé quatre
phrases liées ensemble, desquelles on pourrait inférer un sens clair et net. Ordonnons
que, dans toutes les conversations, on ait
à se servir de termes qui ne signifient rien,
selon l'ancien usage de la sublime Porte.

« Et pour empêcher qu'il n'entre quelque pensée en contrebande dans la sacrée
ville impériale, commettons spécialement
les eunuques du palais, leur donnant pouvoir, par ces présentes, de faire saisir
toute idée qui se présenterait par écrit ou
de bouche aux portes de la ville, et nous
amener ladite idée pieds et poings liés,
pour lui être infligé par nous tel châtiment
qu'il nous plaira.

« Donné dans notre palais de la Stupidité, le..... »

On serait tenté de prendre ce petit
écrit pour une mauvaise plaisanterie de
quelqu'un des défenseurs modernes de la

liberté de la presse. On se tromperait : il a été composé bien avant la révolution, par un impie, nommé Voltaire.

DEUX POUR UNE.

Un journal libéral fit, il y a quelque temps, la *gaucherie* de supposer les anecdotes suivantes, qu'il donna à ses lecteurs, sous la rubrique de Cambrai.

« L'autre jour, un escamoteur faisait des tours de gobelet sur le théâtre : « *Où voulez-vous, Messieurs,* disait-il, *que je fasse trouver une rose ? à droite ou à gauche !* à gauche, s'écrient à l'instant quelques soldats placés au parterre, *c'est le côté des bons Francais ;* » et tout le public d'applaudir.

« Dernièrement, un hussard cherchant son chemin, demandait à un bourgeois. « *Est-ce à droite ou à gauche, que je dois prendre ? A gauche,* répondit l'habitant de Cambrai, *c'est toujours le bon chemin.* »

Il est pardonnable de soutenir son parti *per fas* et *nefas ;* mais pour inventer de

16

semblables pauvretés, il faut être *gaucher*
DES DEUX MAINS.

LE SECRET DE CES MESSIEURS.

Le général Laf......, déclaré traître par
les cannibales qui s'étaient emparés de la
révolution, se réfugia dans l'étranger, et,
au lieu d'un refuge, n'y trouva qu'un cachot.
Lord Fitz Patrick, l'un des membres de la
chambre des communes, se plaignit de
cette violation de la foi publique, et demanda que le gouvernement de la Grande-
Bretagne intercédât auprès des puissances
coalisées pour obtenir la liberté du général.
Fox appuya cette motion avec sa loyauté
ordinaire ; Pitt la combattit avec sa finesse
accoutumée ; mais l'irascible Windham se
livra à toute la fougue de son caractère et
à toute la violence de sa haine. C'était l'*ultra* parlant après l'indépendant et le ministériel. A la suite de mainte phrase furi-
bonde, le fougueux orateur prétend qu'il
vaudrait mille fois mieux appeler la pitié
publique sur Collot-d'Herbois et sur Bil-

laud-Varennes que sur le prisonnier d'Ol-
multz. La réplique de Fox est admirable :
« Vous avez laissé échapper votre secret,
s'écrie-t-il avec une généreuse indignation.
Le guerrier qui défendit la liberté dans les
deux mondes, le citoyen qui lui éleva des
autels et qui lui soumit tous les cœurs, ex-
cite votre haine ; et les hommes qui renver-
sèrent son culte, qui la chassèrent de son
temple, et qui, dans leurs affreuses saturna-
les, lui substituèrent la sanglante anarchie,
sont ceux qui émeuvent votre sensibilité, et
qui appellent votre sollicitude. Ah! ils sont
bien dignes de votre intérêt ! ils ont fait haïr
la liberté qui vous est odieuse, ils ont fait
regretter le despotisme qui vous est cher ;
élevez-leur des statues, ils les ont bien
méritées ! ! ! »

PETIT SUPPLÉMENT A UNE ANCIENNE ANERIE.

En 1793, une espèce de confédération
eut lieu à Dijon. La garde nationale de
Charolles traversa Beaune pour s'y rendre,
et fut accueillie à l'entrée de la ville par

le maire et tous les gros bonnets de l'endroit, qui lui firent mille civilités républicaines. « Citoyens, (leur dit ce magistrat, qui, comme on le devine, n'était plus, le même que du temps de Piron, et n'en avait pas pour cela moins d'esprit), citoyens, rappelez-vous que Louis XIV, passant *par ici*, et faisant l'éloge des vins que *nous* lui offrîmes, *nous* répondîmes que *nous* en avions de meilleurs. *Vous les gardez, sans doute, pour une plus belle occasion?* NOUS *répliqua le* DESPOTE ORGUEILLEUX. Le *despote* avait raison : cette occasion, la plus belle, n'était pas pour lui ; elle était pour nos frères, nos égaux, pour les amis de la constitution, pour les défenseurs de la liberté, pour les héros de la patrie, *pour vous*, citoyens!!! »

Le tout finit par une orgie patriotique.

ÉPIGRAPHE POUR L'ÉDITION TOUQUET.

Nos entrepreneurs et prôneurs de *souscriptions constitutionnelles,* avaient, dit-on, proposé un prix, consistant en cinquante

exemplaires de leur édition de la Charte,
à cinq centimes, pour celui qui fournirait
une épigraphe convenable à l'entreprise.
Un vrai constitutionnel leur a envoyé *gratis* la suivante qu'ils n'ont pas jugé à propos d'employer.

Timeo Danaos et dona ferentes.
(Je redoute les *Grecs* jusque dans leurs présens.)

LES TROIS NUANCES.

Un habitant de la petite ville de... en...,
qui est fort bien avec les trois députés du
département, en a reçu à la fois trois lettres, dans lesquelles chacun d'eux fait de
la politique à sa manière. Il faut dire, avant
tout, que ces messieurs ont chacun une place
bien distincte dans l'assemblée. Le premier
siége à gauche, le second à droite, et le
troisième (le plus *rond* des trois) au centre. La lettre du député-gauche est pleine
de magnifiques sentimens. L'héroïque membre refuse une préfecture pour son gendre,
parce qu'il veut se réserver le droit d'in-
terpeller les ministres. Le soi-disant droit
16.

se plaint amèrement des retards qu'on apporte au rétablissement de la féodalité ; et, par forme d'indemnité, voudrait au moins que son second fils fût évêque d'emblée. Quand au *central*, il est dans la joie : il a obtenu, pour les siens, un entrepôt de tabac, une recette générale, une charge de procureur du roi, le commandement d'un bateau à vapeur, qui déjà navigue dans sa tête ; et il espérait, avant la fin de la session, une préfecture et un régiment.

Lequel vaut le mieux des trois ?

BON CHIEN NE CHASSE PAS TOUJOURS DE RACE.

On accuse M. le comte de.... d'être le fils d'un marchand de vin. Où serait le mal, s'il vous plaît ? n'avons-nous pas vu des gens, partis de plus bas, arriver plus haut que lui ? Il n'y a qu'heur et malheur dans ce bas monde. Quoi qu'il en soit, on raconte tout bas dans l'antichambre de ce noble personnage, une anecdote que nous nous gardons bien de certifier.

Un jour que le comte avait bu un peu plus que de raison, il s'emporta contre son domestique, l'invectiva et leva même la main sur lui. « Ah! monseigneur, lui cria cet homme, indigné d'un pareil traitement, ce n'était pas ainsi qu'agissait monsieur votre père ! Ce digne homme avait du moins l'habitude de *mettre de l'eau dans son vin.* »

LE CANDIDAT EN ESPÉRANCE.

Extrait d'une lettre du candidat, trouvée sur la route de...., à quelques lieues de Paris.

« Ma bonne amie, je suis exténué; j'ai vainement parcouru les départemens de la M..... et de la M.... J'ai vainement visité les moindres cantons; pas une voix. J'avais beau leur dire que c'était moi qui portais ces rudes atteintes au despotisme ministériel, que j'étais le premier champion de

la liberté des peuples, le libéral par excellence, l'oracle, l'homme d'esprit du *Constitutionnel*; ils me répondaient que j'avais
été l'instrument des volontés impériales,
le directeur du bureau de l'esprit public,
le grand inquisiteur littéraire ; et quand je
leur disais que j'étais corrigé, repentant,
et sérieusement libéral, ils me riaient au
nez. Les impertinens ! je les avais pourtant
flattés dans mes derniers articles; je vais
à présent les traiter tous d'*ultra* et de
partisans de la féodalité. Cela ira mieux
l'année prochaine, dans le département du
F......, nous y enverrons du monde; le comité prendra des mesures plus efficaces;
on m'assure que les libéraux de ce pays-
là n'ont point de mémoire : si cela pouvait
être, je serais infailliblement nommé au
premier tour de scrutin. »

L'ÉRUDITION BIEN PLACÉE.

Conte.

Dans un gala de parvenus modernes,
Mondor-Joutlu tenait le premier rang.
Les uns d'abord parlaient en subalternes,
Et *Monseigneur* tranchait toujours du grand.
Mais quand le vin fut mis de la partie,
Le bon Mondor, objet de leur envie,
En chacun d'eux vit un fier concurrent ;
Tous contre lui lâchaient un coup de langue,
Crispin surtout le daubait sans pitié ;
Tant que pour mettre un terme à sa harangue,
L'autre, interdit, se lève et gagne au pié.
Le lendemain, le jus de la bouteille
Pendant la nuit ayant pris son essor,
Notre daubeur, des propos de la veille
Fort inquiet, s'en va trouver Mondor,
Veut s'excuser : « La peine est inutile,
Dit celui-ci ; vous étiez dans un cas
Qui sert d'excuse : ayez l'esprit tranquille ;
Je vous pardonne : *in vino veritas.* »

OBSERVATION HISTORIQUE.

Au commencement du 19ᵉ siècle, dans les
premiers jours de 1820, on a joué à Bor-

deaux, l'une des bonnes villes de la France, un mystère dans le goût de ceux auxquels on fait remonter l'antique origine du Théâtre-Français. Ce mystère avait pour titre : *Pastorale sur la naissance de N. S. J.-C.*, en cinq actes ; contenant l'adoration des pasteurs et la descente de saint Michel aux Limbes. Les premières places coûtaient 75 cent., les autres à proportion.

LE MINISTRE GOGUENARD.

La cour de sa ci-devant majesté le roi de Westphalie était, presque toute entière, composée de Français. Le ministre des finances (ou sans finances, si l'on veut) était M. B.....t, qui traitait, dit-on, ces pauvres Allemands avec une morgue que cependant il consentait parfois à tempérer par une agréable ironie.

Un jour un baron allemand s'avise de solliciter une place ; il est admis devant son excellence, qui lui demande s'il sait le latin. Sur sa réponse affirmative, M. B.....

ajoute : « Ah! vous savez le latin ! hé bien !
comment dit-on dans cette langue : *je mets
mes culottes ?* » Le baron avait fait d'excel-
lentes études, et c'est peut-être pour cela
qu'il ne sut jamais répondre à une question
qui aurait fort embarrassé feu Cicéron lui-
même. Son excellence, conservant jusqu'au
bout son humeur joviale, le congédia en
éclatant de rire. Et voilà comme un prince,
étranger à ses sujets, gagne leur affection.

MAUVAIS CALEMBÓUR.

Le rédacteur archi-libéral, de je ne sais
quelle *biographie pittoresque*, saisie au moment de son apparition, reproche à un député de l'extrême gauche de n'avoir jamais
montré ses cheveux gris à la tribune, que
pour des réclamations relatives au *commerce
des toiles.* Il termine ainsi l'article relatif à
ce vénérable personnage : « Si quelques-
uns de ses collègues n'avaient pas montré
plus d'énergie, nous serions *dans de beaux
draps !* »

QUIPROQUO D'UN SOURD.

Un grand seigneur demandait, il y a quelques jours, à M. le baron de.... des nouvelles de la santé de sa femme : celui-ci (qui a le malheur d'être sourd, et qui depuis long-temps est affligé d'une toux violente), se méprit sur la question qu'on lui adressait, et répondit : « Monseigneur est bien bon! Je fais tout ce que je puis pour m'en débarrasser. C'est un ennemi avec lequel il me faut vivre, et c'est particulièrement la nuit qu'elle me fait souffrir. »

AVIS ESSENTIEL D'UN JOURNAL LIBÉRAL A SES LECTEURS.

« Ceux de nos souscripteurs à qui nous envoyons cette feuille *gratis*, sont priés de *renouveler* leur abonnement. »

FAIT HISTORIQUE ET RELIGIEUX.

Au commencement du 19e siècle, un propriétaire du département de la Mayenne, mourut à Cr... sans avoir reçu les secours de la religion. Le clergé ayant refusé de procéder à l'enterrement, le lendemain, jour de marché, à dix heures du matin, une vingtaine d'habitans, les plus notables, lui rendirent les derniers devoirs, en le faisant porter et l'accompagnant dans le plus grand recueillement jusqu'au cimetière. Une foule considérable se porta sur le passage du cortége, attirée par la nouveauté d'un pareil spectacle, et pas une clameur indiscrète ne vint troubler le respect dû à la cendre des morts. Une somme de 150 fr. destinée aux frais de l'inhumation, étant restée sans emploi, les amis du défunt, autorisés par le légataire universel, la distribuèrent le même jour aux pauvres de la ville.

LES MORTS DE QUALITÉ.

M. le général Dem..... possède une fort belle terre dans le département de la V.....: loin d'y faire le seigneur, il se montre assez peu jaloux des priviléges d'un pro-

priétaire. Deux hobereaux campagnards ,
l'un vicomte et l'autre marquis , s'avisèrent
un jour de chasser sur les terres du général,
et , le croyant à la ville , s'avancèrent jusque dans son parc.

M Dem..... entend tirer sous ses fenêtres,
descend , et à travers une charmille , aperçoit ses nobles hôtes. Un lièvre qu'ils pour-
suivaient passe assez près ; on tue l'animal ,
et le propriétaire voit l'un des chasseurs le
ramasser : « Tiens , dit celui-ci en le montrant à l'autre , et en le prenant par le bout
des oreilles , le voilà le petit Dem..... , le
petit baronnet. Entrez donc , M. le baron ,
dans le sac où l'on vous attend. » Et en
disant ces mots , il dépose le lièvre dans sa
carnacière.

Le général ne perd point de temps ; il
rentre chez lui , s'arme d'un fusil à deux
coups , marche droit aux chasseurs , leur
tue deux de leurs chiens presque entre les
jambes , et dit froidement aux maîtres :
« Messieurs , vous avez rendu des honneurs
à M. *le baron* , j'espère que vous ne ferez

pas moins pour M. *le vicomte* et M. *le marquis* ; les voilà étendus par terre : ayez donc la bonté de les ramasser et de les porter sur vos épaules hors de l'enceinte où vous vous êtes permis de les amener. »

Ces messieurs ne jugèrent pas à propos de faire la moindre résistance ; et chacun d'eux

> . . . . . Honteux et confus
> Jura, mais un peu tard, qu'on ne l'y prendrait plus.

IL AVAIT SES RAISONS.

On a signalé, à l'assemblée constituante, M. N. qui avait le malheur d'être *un peu* contrefait, comme l'un des plus redoutables adversaires des abus *féodaux* (faits au dos).

CONSOLATIONS D'UN VENTRU.

Air : *Eh ! qu'est-c' qu' ça m' fait à moi.*

QUE des rêveurs politiques,
Qu'un pamphletaire aux doigts lourds,
S'épuisent en long discours
Libéraux et léthargiques,

Eh ! qu'est-c' qu'ça m'fait à moi ?
B....en fait les répliques ;
Eh ! qu'est-c' qu'ça m'fait à moi,
Quand je mange et quand je boi !

Qu'un pauvre ultra, que je blâme,
Dont les biens furent vendus
Et tous les titres perdus ,
Les regrette au fond de l'âme !
Eh ! qu'est-c' qu'ça m'fait à moi ?
Je n'ai perdu que ma femme....
Eh ! qu'est-c' qu'ça m'fait à moi,
Quand je mange et quand je boi !

Vieille et nouvelle cuisine
Tout m'accommode en effet ,
Et le ministre parfait
Est le ministre où l'on dîne ;
Eh ! qu'est-c' qu'ça m'fait à moi
Qu'on souffre ailleurs la famine ?
Eh ! qu'est-c' qu'ça m'fait à moi,
Quand je mange et quand je boi !

Qu'un *chef de file* qui cloche
Et ne sait où s'arrêter,
Me fasse aujourd'hui voter
A droite, et demain à gauche.
Eh ! quest-c' qu'ça m'fait à moi ?
J'ai son ordre dans ma poche ;

Eh! qu'est-c' qu'ça m'fait à moi,
Quand je mange et quand je boi !

Que des auteurs sans adresse,
Pour avoir parlé trop tôt,
Attendent dans un cachot
La liberté de la presse !
Eh! qu'est-c' qu'ça m'fait à moi ?
D'écrire ainsi qui les presse ?
Eh! qu'est-c' qu'ça m'fait à moi,
Quand je mange et quand je boi !

Qu'on repousse et réprimande
Par de bons ordres du jour
Tout Français qui, sans détour,
A nos soins se recommande ;
Et qu'est-c' qu'ça m'fait à moi ?
J'ai tout ce que je demande.
Eh ! qu'est-c' qu'ça m'fait à moi,
Quand je mange et quand je boi !

Qu'on nous accuse en Champagne,
Qu'on nous maudisse en Anjou,
Qu'on nous méprise en Poitou,
Qu'on nous menace en Bretagne ;
Eh ! qu'est-c' qu'ça m'fait à moi ?
A Pantin j'ai ma campagne.
Eh ! qu'est-c' qu'ça m'fait à moi,
Quand je mange et quand je boi !!!

17.

LA CONDITION SINE QUA NON.

Dans une de nos assemblées les plus cé-
lèbres M. de M........ fit la proposition de
placer au-dessus de la tête de M. le président un Christ, signe révéré de la religion
que professaient la plupart des honorables
membres. Tout le côté droit appuya la motion, et le centre allait se ranger du même
avis, quand M. B..... s'élança à la tribune :
« Messieurs, s'écria-t-il, rien de plus con-
venant, rien de plus religieux que ce que
l'on vous propose. J'y souscris moi-même,
au nom de tous ceux de mes collègues, qui,
dans mainte autre discussion, ont refusé de
voter avec M. de M........ et ses dignes amis;
mais, toujours au même nom, je demande
qu'au bas du Crucifix on inscrive ces paroles de notre divin Sauveur :

« *Pardonnez-leur, ô mon Dieu ! car ils ne*
savent pas ce qu'ils font. »

La proposition du premier opinant n'eut
pas de suite.

EH! EH!!!

Un amateur de charades , énigmes , ré-bus , et autres jeux d'*esprit* , a découvert dans un ouvrage de Charles Naudé , impri-mé en 1620 , le premier logogriphe qui ait jamais été composé. Il est en prose , et le mot est *révolution :*

CAUSES,	MOYENS,	SUITES.
Loi Vile	Nuire - voler	Ruine
Roi tué.	Noier - tuer.	Rien.

Gabriel Naudé n'a-t-il pas été , en dépit du proverbe , prophète dans son pays?

LA PRÉSENTATION.

Un journal anglais contenait , en 181.. , l'article suivant :

Paris , le 6 mai.

Hier , après la messe , monseigneur l'é-vêque d'A...n. a eu l'honneur de présenter *madame son épouse* à S. M.

LE RAPPORT.

En 18.., M. Lem.......de G......., alors membre du conseil des cinq-cents, fut chargé par un comité d'un rapport relatif à la destruction des loups.

« Avant-hier, dit-il, on nous a fait sentir la nécessité de remettre en vigueur les arrêtés du directoire *contre les sociétés populaires*. Aujourd'hui nous sommes priés de statuer sur la destruction *des loups*. Là, c'est une discussion qui intéresse les amis de l'ordre et du gouvernement ; ici vous aurez à prononcer en faveur des moutons, contre une race justement abhorrée. Des renseignemens, postérieurs au premier rapport, ont instruit votre commission que ces animaux féroces commencent à donner de justes inquiétudes ; que, voyant sans doute *quelques moutons* se réunir, ils croient devoir en faire autant. Mais, *citoyens*, vous protégerez les porteurs de laine ; et peut-être, pour anéantir leurs ennemis, adopterezvous le projet de résolution qu'on vous présente. »

Cette plaisanterie ingénieuse mérita à son auteur les honneurs de la persécution à l'époque du 18 fructidor.

UN MALHEUR!

Une marchande de marrons, établie sur le boulevart, se désolait ces jours passés au milieu d'un groupe de commères et de curieux : « Qu'avez-vous donc, bonne femme, lui demande un de ces derniers ? est-ce que l'on ne mange plus de châtaignes ?—Il s'agit bien de ça, mon bon Monsieur! ne disent-ils pas que j'allons être dévorés par *l'oligarchie!!!!* »

TOUR DE FORCE POÉTIQUE.

On a vu des nobles faire très-bien des vers ; pourquoi M. le comte J...... de C.... ne se lancerait-il pas dans la carrière, tout comme un autre? Il y doit être ferré, si l'on en juge par la force du petit *quinquain* ci-après, véritable diamant qu'il a eu l'art d'enchâsser dans l'air *des fraises*. C'est un triple acrostiche, en l'honneur du célèbre chanteur Fabry-Garat, passant par Poitiers le 24 mai 1820.

C oût,	ᴖ énie et	ᴖ rands talens
ᴘ ccomp	ᴘ guent tes tr	ᴘ ces :
ᴈ iche acco	ᴈ d, tend	ᴈ es accens
ᴘ noblissent d	ᴘ ans nos r	ᴘ ngs
ᴎ es grâces,	ᴎ es grâces,	ᴎ es grâces.

PETITS MOYENS DE POPULARITÉ.

Dans un collége électoral, M. de Ch. s'est trouvé désigné de quatre manières différentes, ce qui a fait aussitôt monter la moutarde au nez de M. le président, qui a voulu mettre à profit ce manque d'identité pour écarter le candidat. Sur quelques bulletins, on avait écrit M. Ch.; sur d'autres M. de Ch. Certains portaient M. le marquis de Ch. D'autres encore M. le comte de Ch. « Monsieur, a dit le député élu à l'homme du ministère : j'avais déposé le titre de marquis en 1789, et ne l'ai jamais repris; *l'empereur* me nomma comte; mais je défie de montrer un acte public ou privé dans lequel j'aye accepté cette qualification. Si donc ici l'on me désigne de plusieurs manières, et si, contre l'évidence des vœux des électeurs, il faut choisir mon nom dans ces variantes, j'accepte le suffrage de ceux de mes compatriotes qui ne m'ont appelé que Ch. tout court. »

On s'attendait après, cette belle déclaration, que le nom de tout court resterait à l'honorable membre ; mais il a su, par des discours interminables, mériter un tout autre sobriquet.

EH! MESSIEURS, UN PEU DE PUDEUR!

Fragment d'un poëme, sur l'Art de Parvenir.

Je pourrais vous citer plus d'un grand personnage,
Qui, toujours dans le port, pendant un long orage,
Ardent républicain vota le consulat,
Puis siégea gravement dans le conseil d'Etat.
Profitez, croyez-moi, de leur expérience ;
Ne vous piquez jamais d'une folle constance.

Toutefois n'allez pas imiter B.....in,
Et changer comme lui du soir au lendemain.
Il est un heureux choix de temps, de circonstances :
Ainsi que dans le monde il est des convenances.
Pour moi, dans un journal exhalant ma fureur,
Si j'avois à la mort voué l'usurpateur,
Avant de le prôner comme un Dieu tutélaire,
Durant.... huit jours au moins j'aurais voulu me taire.

RÉPONSE ANTI-MINISTÉRIELLE.

Un député fonctionnaire public, M. C......
J..... venait de prononcer un discours plein
de verve, en faveur de la liberté de la presse.
Un ministre l'accoste, et lui dit : « Vous qui
citez l'Angleterre, savez-vous, Monsieur,
que dans ce pays-là, quand un fonction-
náire combat les propositions ministérielles, il perd sa place ? — Je sais qu'en Angleterre, répondit noblement M. J....., il
est des fonctionnaires qui vendent leur conscience : en France, ils la gardent. »

SOLUTIONS PRÉCIEUSES.

Un étranger demandait à une dame de
beaucoup d'esprit (c'était au commence-

ment de juin 1820), ce que l'on entendait par *le Roi et la Charte*, dont les noms étaient en ce moment répétés par toutes les bouches, et semblaient inspirer une singulière vénération à tous les partis : « Le Roi ? répondit-elle ; c'est le plus magnifique des diamans ; c'est dommage que parfois la pierre la plus précieuse soit entourée de faux brillans, enchâssés dans de l'or faux. Quant à la Charte, c'est un *parapluie*. — Vous voulez rire à mes dépens ? — Non, je le répète : c'est un parapluie pour de certaines gens. Si le temps est serein, le ministère, nouveau M. Denis, tient nonchalamment sous le bras cet inutile instrument. L'orage gronde-t-il ? toutes les branches du bienheureux couvre-chef sont déployées, et grâces à lui point de neiges, point de grêlons, point de pluie à craindre. Si bientôt après les nuages se dissipent, vite on remêt le parapluie sous le bras, et l'on se promène comme si jamais il n'en eût été question. »

STYLE A 24 F. 66 C. PAR JOUR.

Un chef de division, qui *gagne* 8 à 10,000 francs d'honoraires, doit avoir plus d'esprit que le simple commis à 1200 fr. Il n'y a pas à cela le moindre doute, au moins dans *l'esprit* de ce chef lui-même. M. de... est si persuadé de la vérité de cet axiome, qu'il ne laisse jamais passer un brouillon de la correspondance composée dans ses bureaux, sans y faire de nombreuses corrections ; témoin le billet ci-joint dont l'original est en ce moment sous les yeux du rédacteur de cet innocent recueil.

Brouillon du Commis.

« Monsieur,

« J'ai l'honneur de vous annoncer que la demande que vous avez présentée, à l'effet d'obtenir l'emploi d'administrateur des subsistances dans le département de...., est parvenue trop tard sous les yeux du ministre, qui en avait disposé. Aussitôt qu'il s'en

trouvera un vacant , je m'empresserai de
vous rappeler au souvenir de S. E. ; je
ne doute pas qu'elle ne l'accorde à un homme aussi connu que vous pour la probité et
le désintéressement. »

Corrigé de la précédente.

Je me fais le plaisir, Monsieur, de vous faire sa-
voir que la pétition que vous avez faite à l'effet d'être
fait administrateur des subsistances dans la province
de.... n'a pas été faite assez tôt pour que le ministre
pût y faire droit. Aussitôt que cela se pourra faire, je
m'empresserai de faire souvenir de vous S. E.; et je
ne doute pas qu'elle ne fasse tout pour un homme aussi
connu que vous pour le désintéressement et la probité.

Je suis , etc.

On conçoit sans peine combien monsieur
de..., s'applaudit en lui-même d'un travail
qui devait prouver si incontestablement sa
supériorité à l'auteur primitif de cette lettre , obligé de la remettre *au net*, sous sa
nouvelle forme.

LE MALHEUR DES NOMS.

En 1797, le directoire exécutif envoya
en Suisse un commissaire nommé *Rapinat*,
qui avait pour adjoints deux hommes, dont
l'un s'appelait *Forfait* et l'autre *Grugeon*.
Si bien que se soient conduits trois personnages, porteurs de pareils noms, il était
impossible que les esprits caustiques ne
s'amusassent pas un peu à leurs dépens.
Telle est probablement la source de l'épigramme suivante, qui fut dans le temps pu-
bliée contre le chef de ce trio d'agens di-
rectoriaux.

> Un bon Suisse que l'on ruine
> Voudrait bien que l'on décidât
> Si Rapinat vient de rapine,
> Ou rapine de Rapinat.

LES ABUS DU NOUVEAU REGIME.

Le vicomte de ... eut l'autre semaine
une assez vive altercation avec ... *un cocher de fiacre*, dont il ne voulait payer la
course que 24 s., selon le tarif de l'ancien

régime. (M. de ... qui arrive de l'étranger n'est pas obligé de connaître le tarif actuel.) Il mena le phaéton chez le commissaire, qui, instruit de l'affaire, ne la termina pas à la satisfaction du noble personnage. « Croiriez-vous, disait-il le lendemain à l'un de ses amis, que l'homme à l'écharpe m'a donné tort; à moi! Jadis, quand un cocher faisait le raisonneur, la canne en faisait justice. Aujourd'hui je ne pourrais seulement pas casser le bras à un maraud de cette espèce sans qu'il m'en coutât quelque chose. Quelles mœurs! et voilà pourtant comme la police se fait au 19ᵉ siècle! »

LES ACROBATES POLITIQUES.

En 1819, les deux oppositions tonnaient chacune de leur côté contre le système suivi par le gouvernement; dissidantes sur tous les autres points, elles s'accordaient sur un seul, et comparaient le ministère à mesdames Saqui et Williams, fameuses acrobates qui, dans les jardins publics, font leur *ascen-*

sion sur la corde au milieu des pétards et des fusées qui éclatent de toutes parts. « Ils avaient en partant un peu de craie sous les pieds, disait-on, mais qu'ils restent quelque temps en l'air, tout le blanc sera bientôt au diable, et nous ne tarderons pas à les voir par terre avec leur prétendu *balancier*. »

RÉPONSE AUX ALARMISTES.

Dernièrement on faisait dans un cercle l'énumération effrayante des maux qu'avait entraînés l'équipée des cent jours, et l'on s'appitoyait, à qui mieux mieux, sur le sort de notre malheureuse France. « Malheureuse ! s'écria l'*abbé* de P...., malheureuse ? la France ! Elle est inépuisable ; toujours elle se relevera de ses pertes avec plus d'éclat que jamais. Qu'on nous pille, qu'on nous écrase ! qu'importe ? on ne nous empêchera pas d'avoir de riches moissons, et de *faire beaucoup d'enfans !* »

LA DISTRACTION.

La princesse de Ch.... aimait beaucoup le jeune comte de P.... son petit-fils. Dans le temps qu'il était encore au maillot, on vint annoncer à cette dame que le feu avait pris chez elle : « Vite, vite, dit-elle, que l'on jette par les fenêtres mon secrétaire, mes glaces et mon petit-fils, pour les sauver des flammes ! »

VERS POUR LE PORTRAIT DE M. DE M........,

Que l'on avait peint à la tribune.

A-t-il bientót fini son prône
Au nom de l'autel et du trône ?
Car il est d'un ennui mortel
Au nom du trône et de l'autel.

COMPARAISON TIRÉE D'UN PEU LOIN.

Dans une discussion assez importante, où il s'agissait du dégrèvement en faveur de quelques départémens désignés par le ministère ; M. Ro....n, député de l'Ar..... se plaignit de ce que le sien ne figurait pas dans le tableau de ceux que le gouvernement considérait comme surchargés.

« Le dégrèvement qu'on vous propose , Messieurs (dit cet orateur, fidèle aux instructions de ses commettans) , ce dégrèvement n'est autre chose que l'histoire du plat d'ortolans, où il y avait plusieurs oiseaux fort gras et un seul fort maigre. Le convive qui avait le dernier en présence eut plus d'esprit que les tableaux : *Messieurs*, dit-il à ses compagnons , *vous avez peut-être cru jusqu'à présent que c'était le soleil qui tournait et que la terre restait immobile ; point du tout. Gallilée assure que c'est la terre qui tourne, à peu près comme ce plat.*

« Dans cette démonstration l'ortolan maigre se trouva dérangé et notre savant s'applaudissait de sa ruse. Mais celui devant qui l'ortolan maigre s'était fixé, ne perdit pas la tête. *Pour moi*, dit - il , *je suis pour le système de Tycho - Brahé ; ne dérangeons pas le monde je vous prie ;* et faisant aussi tourner le plat , il le remit dans sa position première. Voilà , messieurs , l'histoire de nos départemens. »

PETITE RÉFLEXION POUR RIRE.

Le dernier concert qu'a donné madame Catalani à Saint-Pétersbourg , lui a rapporté, dit-on, plus de 60,000 roubles ; c'est beaucoup d'argent pour une seule voix ! Que de gens en France ont vendu la leur à bien meilleur compte , dans les six premiers mois de 18..!!!

EXCLAMATION D'UNE VIEILLE DUCHESSE.

Une douairière du faubourg Saint-Germain , entendant lire une opinion très-prononcée d'un honorable membre de la chambre des députés , s'écria : « C'est étonnant! ce petit J…. pense à merveille! et pourtant c'est un homme de rien. »

LES DEUX BADAUDS , OU LA PREUVE SANS RÉPLIQUE.

Les plus grands hommes ont leur faible ; qu'on nous permette d'ajouter une nouvelle preuve de cet axiome à toutes celles qui en ont fait une vérité triviale.

Le chef *français* d'une importante administration, ayant remarqué que l'un des
jeunes gens, employés en qualité de sous-
chefs de division dans ses bureaux, ne s'y
rendait habituellement que fort tard, le fit
venir dans son cabinet, et d'un ton assez
impérieux lui prodigua les reproches qu'il
méritait. L'autre balbutia quelques excuses.
Mais plus il s'humiliait plus son chef lui
parlait d'un ton sévère. « Hé bien ! Monsieur, dit-il, enfin puis-je connaître les
motifs qui vous retardent ainsi ? — M. le
comte... je... demeure si loin ; tout au fond
du faubourg Saint-Honoré. — Oui, oui !
ah! c'est loin; mais on part une heure plus tôt.
— C'est ce que je fais, Monsieur; le temps
est chaud, je viens à petits pas tout le long
des boulevarts jusqu'au café Hardy. — C'est
jusqu'à l'administration qu'il faut venir.—
Je le sens bien, M. le comte. Je trouve au
café *Hardy* des amis qui déjeunent, et
l'exemple... le besoin... — Pour déjeuner
passe. Cela ne saurait vous empêcher d'arriver au moins à onze heures. — C'est que

du café *Hardy* à la porte Saint-Martin, il
y a des marchands d'estampes et je m'arrête, malgré moi, à regarder les caricatures. —
Il est vrai qu'il y en a de bien drôles ! On
pourrait néanmoins les regarder sans s'arrêter. — Je ne perds pas en effet beaucoup
de temps devant elles ; mais c'est ce boulevart du château-d'eau qui m'est funeste.
Il y a là des escamoteurs, des parades, des
marionnettes. — Et vous me ferez accroire
que vous vous arrêtez devant des marionnettes ?—Hélas ! j'en conviens, M. le comte.
— Vous mentez ici, Monsieur. — Je vous
jure qu'il n'est que trop vrai.... — Vous
mentez ! vous dis-je ; que diable je vous y
aurais vu peut-être. »

LE MINISTRE DE CE TEMPS-LA.

Dans l'heureux temps où le *tiers-état*,
long-temps écarté des grands emplois par
une noblesse orgueilleuse, s'en vengeait
sur elle, en repoussant bien loin de l'administration tout ce qui ne pouvait pas faire
preuve de roture, un pauvre diable de *ci-*

devant, réduit à la plus affreuse détresse,
présenta lui-même au *citoyen* N., alors ministre de ...., une pétition dans laquelle
il réclamait, comme chef d'une nombreuse
famille, une petite place nécessaire à sa
subsistance et à celle de ses enfans. L'homme du ministère se qualifiait lui-même de
bon enfant; il accueillit donc assez bien le
pétitionnaire, le fit même asseoir et voulut
absolument connaître le fond de sa position. « Hélas! monsieur... ou plutôt citoyen,
dit le solliciteur, je crains bien de ne pas
réussir, car je n'ai pas osé tout dire dans
ma demande ; j'ai eu le malheur..... —
Qu'est-ce à dire ? Seriez-vous un malhonnête homme ? — Pis que cela, mons....
citoyen ! Je suis.... ah ! — Hé bien ! Etes-
vous malade ? Etes-vous..? —Je suis noble,
citoyen.—Allons, mon ami, rassurez-vous :
je me ferai rendre compte de votre demande, et pour peu que le rapport vous soit
favorable..., soyez tranquille : je n'ai point
de préjugés. »

LE BON PARTI.

En 1791, à l'époque des premiers troubles qui éclatèrent à Nîmes, entre les protestans et les catholiques, le docteur G..an racontait à Montpellier les scènes désastreuses dont il venait d'être le témoin dans la première de ces villes : « C'est fort bien, lui dit la marquise de R...., qui l'écoutait ; mais tout cela ne dit pas de quel parti vous êtes. — Du parti des malades, répondit le docteur : » et tout le monde se mit du sien.

MONUMENS DE L'HUMANITÉ DES ANGLAIS.

Un Français qui, pendant les dernières guerres, fut prisonnier des Anglais, rendu à sa patrie depuis la pacification générale, a lu avec beaucoup d'intérêt un ouvrage de M. Charles Dupin, intitulé : *Mémoires sur la marine et les ponts et chaussées de France et d'Angleterre.* Il a admiré le sentiment d'humanité qui a porté les Anglais à faire élever à Calcutta un monument appelé le *trou noir*, (Blac-Hole) destiné à perpétuer le souvenir de la barbarie d'un prince indien, qui fit enfermer quatre cents prisonniers anglais dans un espace tellement étroit que les deux tiers de ces infortunés périrent avant que le rajah, qu'on ne voulut point éveiller, eût fini sa sieste.

Notre Français proposait à leur exemple de conserver dans un des ports de la Manche le modèle d'un de ces pontons sur lesquels un si grand nombre de nos compatriotes et lui-même ont été prisonniers, et d'y inscrire les noms des malheureux que la mort a délivrés de cet affreux supplice.

. . . . . . TEL CÉSAR AUTREFOIS,
DICTAIT SIX LETTRES A LA FOIS.

On cite M. le baron P...... comme un modèle de cette présence d'esprit qui doit inspirer le Pasquin des *Jeux de l'Amour et du Hasard*, quand recevant *par derrière* des coups de pied, de Dorante son maître, il n'en continue pas moins de conter fleurettes à Sylvia.

M. le baron écoutait un jour dans un cercle la lecture d'une tragédie : un laquais s'approche discrètement, et lui remet une lettre; M. P......., sans interrompre le poëte, écrit sa réponse, la remet à l'envoyé, garde toute son attention pour la pièce, et fait ensuite à l'auteur les plus judicieuses observations.

Vous croyez peut-être insignifiant le billet qu'il venait de recevoir. Point du tout, il était de la propre main du président du conseil, et annonçait au baron que le lendemain il ne ferait plus partie du M........

BRIOCHE ANGLAISE.

S'il faut en croire un journal plus français par le style que par les opinions, l'alderman Wood, qui dans ce moment cherche à rendre son nom célèbre en le rattachant à un procès fameux, aurait, pendant son séjour à Paris, fait un quiproquo tout-à-fait anglais. Cette feuille assure que sa seigneurie avait elle-même rédigé le modèle d'une carte de visite qui courut la capitale et sur laquelle on lisait en caractères élégans : *M. Wood*, FEU *lord-maire de Londres.*

IL Y EN AVAIT BIEN AILLEURS.

On mettait sous les yeux d'un homme tout puissant avant la restauration, la nouvelle décoration d'un ordre que venait de créer un souverain étranger. Le graveur y avait fait entrer le lion de C....l, le cheval de B......k, et d'autres emblèmes tirés du règne animal. « Eh mais, dit le monsieur qui n'était pas toujours en humeur de plaisanter, il y a bien des bêtes dans cet ordre-là ! »

LE PASSÉ, LE PRÉSENT ET L'AVENIR.

Stances prophétiques publiées au commencement de la révolution.

Qu'avons-nous été ? des *esclaves*
Servant, chantant, jurant gaîment
Et flagornant très-galamment
Les Dieux qui serraient nos entraves.

Que sommes-nous ? de grands enfans ,
Juges d'hier , soldats naissans
Qui , stupéfaits de voir l'aurore
D'un jour trop long-temps souhaité ,
Pour un hochet prenons encore
Le sceptre de la liberté.

Que serons-nous ? le temps avance ,
Et de la crainte à l'espérance
Chaque moment nous fait passer.
Du bonheur nous courons la chance :
Croyons-y ; mais , sur l'apparence,
Gardons-nous bien de prononcer.

L'ÉLOGE DÉSINTÉRESSÉ.

Il a paru au mois de juin 1820 , en deux volumes, un roman politico-irréligieux, orné de deux gravures dans le genre de celles dont, à l'exemple de l'*Ermite de la Chaussée d'Antin* , s'est paré le *Rodeur* , volumineux recueil d'articles , successivement publiés par M. de R........ , dans la *Quotidienne* , le *Journal Général* , et le *Journal de Paris* , selon que l'auteur se trouvait en disposition monarchique , libérale , ou ministérielle. Mais il ne s'agit pas ici du *Rodeur* ; revenons au roman des *M..........s.*

Quelques jours après la mise en vente de cet ouvrage, deux personnes l'avaient choisi pour sujet de leur conversation : « L'avez-vous lu ? disait l'une d'elles. — Non, ma foi ! — Hé bien ! lisez-le. Je pense qu'il fera sensation. Plan bien conçu, épisodes intéressans, dialogue spirituel ; ce livre réunit tout ; et depuis *Gil-Blas*, c'est ce qu'on aura vu de plus remarquable. »

Qui parlait ainsi ? Sans doute le meilleur ami de l'auteur ? Oui, car c'étoit l'auteur lui-même.

ON TREMBLERAIT A MOINS.

A la seconde restauration, madame de... disait à ses amis, avec tous les symptômes du plus sombre désespoir : « Ils reviennent ? que vais-je devenir, *mon opinion est si connue* dans le monde ! en quel lieu désormais me sera-t-il permis de reposer ma tête ! !! »

L'INGÉNUE DE COUR.

La sœur de monsieur G..... n'a pas reçu une éducation proportionnée à la fortune à laquelle s'est élevé son frère ; il lui échappe parfois des naïvetés un peu fortes. Madame de P... devait un jour s'arrêter au château de M. G..... ; celui-ci qui craignait, de la part de sa sœur, quelque nouvelle balourdise, l'engagea à ne point paraître au salon, sous prétexte que la dame attendue était une femme comme on n'en voit point.

L'illustre voyageuse arrive ; on lui fait une réception digne d'elle, on sert un dîner magnifique, après lequel toute la compagnie se répand dans les jardins. C'est alors que mademoiselle G., ne pouvant plus résister à sa curiosité, s'échappe de sa chambre, se fait montrer madame de P...., et l'abordant, sans trop de cérémonie, en présence d'une partie de la société : « Mon Dieu, Madame, lui dit-elle, mon frère m'avait bien trompée sur votre compte. Ne prétendait-il pas que vous étiez une femme comme il n'y en a point. Je vois bien, moi, que vous êtes une femme comme une autre. »

L'héroïne de la fête se mordit les lèvres pour ne pas rire de ce compliment saugrenu ; M. G..... entra dans une colère épouvantable contre sa pauvre sœur, qui retourna bien vite dans son appartement, en disant qu'elle ne savait pas ce que son frère avait contre elle.

NOUVELLES DE COMMERCE.

Le commis voyageur d'un libraire de Paris, interrogé par un confrère de Londres sur le succès des brochures dans la Capitale de France, lui fit cette réponse : « Le commerce est un peu en stagnation ; cependant Bon..d et Lam..... *s'achètent* ; Cl..... de C......... et Do...... *se donnent* : De Pr... et B....... C....... *se louent* ; Az... et Ben.... *se vendent*.

N. B. Il est d'usage, en librairie, de désigner les ouvrages par le nom de leur auteur.

FIN.

TABLE.

Mon inspiration, rêve préliminaire.   Page v
Aux épilogueurs.   xv
La feuille empoisonnée.   1
Boutade anti-politique.   3
Bon mot d'une bonne femme.   4
Le rêve prophétique.   5
Sur une ci-devant librairie.   6
Bon mot.   *ibid.*
Le compliment.   7
La couleur des journaux.   *ibid.*
L'orthographe d'un docteur.   8
Nouvelle manière de jeter l'argent par les
    fenêtres.   9
Le mort fustigé.   11
La citation complétée.   12
Extrait d'un discours d'un directeur général.   13
L'officier tout neuf.   *ibid.*
Chacun son tour.   14
Le dissertateur instruit.   15
La feuille.   16
Prédiction télégraphique.   17
Passe-temps d'un roi.   *ibid.*
Le retour à l'ordre.   18
La chasse aux journalistes.   19
Retour jésuitique.   *ibid.*
Réflexion cruelle d'un homme tout puissant.   20
Le dilemme réfuté.   21
L'illusion théâtrale.   *ibid.*
Quatrain sur un ministre des finances.   22
Humanité du général O...   23

Dissertation sur le mot mouchard.   Pag. 24

Les tentures de la Fête-Dieu.   25

L'excuse du poëte.   26

Le pauvre accommodant.   *ibid.*

L'argument irrésistible.   27

Tout le monde y tient.   *ibid.*

Les choses par leur nom.   28

La vérité à bon compte.   *ibid.*

Le quiproquo sans l'être.   29

C'est la faute de Rousseau.   30

Moitié dans tout.   31

Les deux souffreteux.   32

Turpitudes historiques.   *ibid.*

Naïveté d'un admirateur.   34

Analogie.   *ibid.*

Erreur n'est pas compte.   *ibid.*

Au prétendu vainqueur des vainqueurs.   36

Le *Mezzo-termine.*   37

Economies de bouts de chandelles.   *ibid.*

Le parvenu et sa vieille garde-robe.   38

Un petit royaume.   89

La quittance.   41

La messe libérale.   42

Miracle opéré au 19e siècle.   43

Coq-à-l'âne *électionnel.*   *ibid.*

Le plus grand des Ministres.   45

Menace imprudente.   *ibid.*

Le cri séditieux.   46

Aventure falotte.   47

L'abus des mots.   48

Qui se ressemble s'assemble.   *ibid.*

Sang-froid d'un poëte.   50

Le revers de la médaille.   51

Plus d'amis.   Pag. 5a

Les avantages d'une sainte éducation.   53

Il est avec le ciel des accommodemens.   *ibid.*

La contre partie.   55

La stagnation du commerce.   *ibid.*

Les scrupules.   56

Le défenseur officieux.   57

La girouette.   *ibid.*

Le rédacteur exact.   59

Vœu patriotique.   60

Le culte du soldat.   *ibid.*

L'illustre hydropique.   61

L'approche des élections.   6a

Citation sur le même sujet.   *ibid.*

Entendons-nous !   63

La ressource des gens comme il faut.   64

La charité sacerdotale.   *ibid.*

Antithèse.   65

Assaut de politesses.   *ibid.*

Réflexion patriotique.   66

La manie de briller.   *ibid.*

Le candidat au ministère.   67

Singuliers rapprochemens.   *ibid.*

Délicatesse d'un fournisseur.   68

Ce n'est pas le tout d'avoir la clef.   69

La citation à toutes sauces.   70

Le choix indispensable.   71

Sang-froid d'un académicien en herbe.   *ibid.*

La disproportion.   72

Ruse ministérielle.   *ibid.*

Le vin par excellence.   74

Bon mot d'une femme d'esprit.   *ibid.*

L'opposant.   75

Le rival de M. Comte.	Pag. 76
Les rivaux amis.	77
Un hasard singulier.	*ibid.*
Le secret de la censure.	78
L'esprit bien fait.	79
L'un des deux se trompait.	80
Inscription laconisée.	*ibid.*
Que répondre à cela ?	81
Méprise académique.	82
Tudieu ! quel appétit !	84
Le congé.	*ibid.*
Pourquoi certaines dames sont ultra.	85
Conclusion bien digne de l'exorde.	*ibid.*
Le maire de village.	87
Origine de la fierté.	89
Le nouveau Pinson.	*ibid.*
Le connaisseur.	91
Petite ruse indirecte.	92
La gloire définie par un Conquérant.	93
Nos amis sont toujours nos amis.	94
L'abus des mots.	95
Aménité d'un grand prevôt.	96
Petite galanterie censoriale.	*ibid.*
Le parvenu.	98
Le dernier mot d'un gascon.	*ibid.*
Le serment d'un preux.	99
Petits moyens de prospérité.	100
Assaut de calembours.	*ibid.*
Aveu naïf.	101
Si non e vero.	*ibid.*
Le bon père.	102
La lecture.	*ibid.*
Le véritable homme de Cour.	103

Le futur beau-père. Pag. 104
La métamorphose. 105
Le Ministère pris par tous les bouts. ibid.
L'emprunteur et son ami. 106
Le gouverneur impromptu. ibid.
Excuse naïve. 107
Le papa confondu. ibid.
Le villageois mécontent. 108
Passe-temps d'un homme comme il faut. ibid.
A quoi tiennent les emplois. 109
Avis. 110
Le danger d'employer un langage inconnu. ibid.
L'apparition. 112
Le changement de couleur. 115
Médecin guéris-toi toi-même. ibid.
Ceci demande réflexion. 116
Jusqu'où peut aller l'enthousiasme, etc. 117
Le rédacteur responsable. 120
Petites manies seigneuriales. 121
L'attrait de la promenade. 122
Le pauvre homme ! ibid.
La propreté n'est pas défendue. 124
Trop parler cuit. 125
L'orateur maladroit. ibid.
Extrait d'une séance académique. 127
Devine si tu peux ! 128
La tache de cirage. ibid.
Calembour. 129
O tempora ! ô mores ! ibid.
Grand embarras d'une académie de Province. ibid.
Réflexion profonde. 132
Le soufflet et ses suites. ibid.
Devise patriotico-sanitaire. 135

Moyen de conciliation.	Pag. 134
Trait digne d'un Romain.	*ibid.*
Nouveau moyen de payer ses dettes.	135
Il n'y a donc pas de mal à cela !	136
Petite distraction libérale.	*ibid.*
L'agent en défaut.	137
Intrigue de Cour.	138
Le néologisme.	139
Le zélé fonctionnaire.	*ibid.*
L'homme libre et l'esclave.	140
L'orthographe motivée.	142
On s'affecterait à moins.	*ibid.*
L'honorable et son postillon.	143
La cause de la révolution.	145
La bonne patriote.	*ibid.*
A un célèbre Auteur.	147
Ils n'avaient tort ni l'un ni l'autre.	*ibid.*
Le côté malade.	148
Le noble déchu.	*ibid.*
Le cri du peuple.	151
Epigramme contre un D..... journaliste.	*ibid.*
Pas si bête, Monseigneur !	*ibid.*
La manie des souscriptions.	153
Miracle moderne.	*ibid.*
Renforzando.	154
Paroles rassurantes.	157
Le ci-devant.	*ibid.*
Le mérite de l'à-propos.	*ibid.*
Débats laconiques.	158
Portraits de société.	159
Expédition digne de 1793.	165
Parodie d'une strophe de Malherbe.	167
Le commentaire.	168

Espièglerie royale. Pag. 168

Pétition d'un homme de l'autre monde. 169

Inscription morale. 170

Hommage à la fidélité. *ibid.*

L'érudition à la mode. 171

La relique. 172

La loi désirée. 173

Le scrupule. 174

Naïvetés. 175

Le Monarque et ses courtisans. *ibid.*

Modèle pour les délateurs. 176

Petites mesures de police mahométane. 177

Deux pour une. 181

Le secret de ces messieurs. 182

Petit supplément à une ancienne ânerie. 183

Epigraphe de l'édition Touquet. 184

Les trois nuances. 185

Bon chien ne chasse pas toujours de race. 186

Le candidat en espérance. 187

L'érudition bien placée. 189

Observation historique. *ibid.*

Le ministre goguenard. 190

Mauvais calembour. 191

Quiproquo d'un sourd. 192

Avis essentiel. *ibid.*

Fait historique et religieux. *ibid.*

Les morts de qualité. 193

Il avait ses raisons. 195

Consolation d'un ventru. *ibid.*

La condition *sine quá non.* 198

Eh ! eh ! 199

La présentation. *ibid.*

Le rapport. 200

Un malheur.	Pag. 201
Tour de force poétique.	ibid
Petits moyens de popularité.	202
Eh! messieurs, un peu de pudeur!	203
Réponse anti-ministérielle.	204
Solutions *précieuses*.	ibid.
Style à 24 fr. 66 c. par jour.	206
Le malheur des noms.	208
Les abus du nouveau régime.	ibid.
Les acrobates politiques.	209
Réponse aux alarmistes.	210
La distraction.	211
Comparaison tirée d'un peu loin.	ibid.
Petite réflexion pour rire.	213
Exclamation d'une vieille duchesse.	ibid
Les deux badauds.	ibid.
Le ministre de ce temps-là.	215
Le bon parti.	217
Monumens de l'humanité des Anglais.	ibid.
Tel César autrefois, etc.	119
Brioche anglaise.	219
Il y en avait bien ailleurs.	220
Le passé, le présent et l'avenir.	ibid.
L'éloge désintéressé.	221
On tremblerait à moins.	222
L'ingénue de Cour.	223
Nouvelles de commerce.	224

FIN DE LA TABLE.

www.ingramcontent.com/pod-product-compliance
Lightning Source LLC
Chambersburg PA
CBHW070518030726
47503CB00004B/1300